Leseforum Oldenburg (Hrsg.)

Aufbruch

Originalausgabe - Erstdruck

Leseforum Oldenburg (Hrsg.)

Aufbruch

Geschichten und Gedanken
von Autorinnen und Autoren
die im Rahmen eines Schreibwettbewerbes,
initiiert vom Leseforum Oldenburg e.V.,
eingereicht und prämiert wurden.

Impressum:
© 2022, Leseforum Oldenburg e.V.
Wiefelsteder Straße 19, 26127 Oldenburg

E-Mail: info@leseforum-oldenburg.de
Vertreten durch: 1. Vorsitzende:
Alexandra Schwarting
Vereinsregister des Amtsgerichts Oldenburg:
VR202087

www.leseforum-oldenburg.de

Lektorat:
Marlies Peters

Umschlaggestaltung/Satz:
Marlies König-Berger, Mangoblau GmbH
Foto Titelseite: wirestock/freepik.com

ISBN 978-3-75682-050-4

Herstellung und Verlag: BoD – Books on Demand,
Norderstedt

Aufbruch

Nur wenn der Geist sich bereiterklärt zu wachsen, sind wir bereit, zu brechen mit dem, was war, zu entwickeln, was wir wollen, und so entdecken, was möglich ist.

Liebe Leserin, lieber Leser,

kennen Sie das Gefühl? Leise anschleichend, sich sammelnd in jeder Faser Ihres Seins, bis es keinen Platz mehr für einen anderen Gedanken gibt? Wenn der Puls in Ihren Fingerspitzen bebt, mit jedem Tastenschlag, dem Sie Ihrem Ziel näherkommen? Wenn Sie tausend Tode sterben, Liebe erschaffen, Humor leben und nicht nur Länder, sondern ganze Welten entdecken und dem Stillstehenden einen neuen Antrieb verleihen?

Kennen Sie das Gefühl, wenn Sie einen Menschen berühren mit dem, was Sie erschaffen? Aus Ihrer Fantasie, Ihrer Erfahrung oder Ihrer Überzeugung entsprungen?

Dieses Gefühl nennt sich Glück und Stolz zugleich. Das Glück, das man empfindet, wenn man diesen einen Schritt im Leben gegangen ist, den man nur einmal gehen wird. Dieser Stolz, der das Herz anschwellen lässt, weil eintausend Menschen ihr Leben lang davon sprechen und Sie es getan haben.

Eine Geschichte geschrieben, ein Buch veröffentlicht. Der Welt seinen Namen genannt und etwas hinterlassen, dass man auch in Zukunft finden wird.

Das geschriebene Wort, das bewegt, weiterzugehen, zu entdecken und zu entwickeln.

Dieses Werk ist für mich etwas ganz Besonderes. Es erfüllt mich mit Stolz. Stolz, weil wir hier 16* Geschichten von Menschen erleben dürfen, die diesen ersten Schritt schließlich mit dem Leseforum Oldenburg e.V. gegangen sind. Die nicht nur eine Bühne oder ein paar Buchseiten Platz und sogar Preise erhalten, sondern auch genau die Bewunderung für ihren Mut, die sie verdienen. Inhaltlich zum Thema Aufbruch geht bereits unser Schirmherr Herr Minister Thümler ein, daher bleibt mir nur noch eines an diese neuveröffentlichten AutorInnen zu sagen:

Danke. Danke, dass Sie sich nicht mit dem zufriedengeben, was immer war. Danke, dass Sie neue Wege gehen. Danke, dass Sie diesen einen neuen Weg mit uns, dem Leseforum Oldenburg, gegangen sind.

Bleiben Sie kreativ, bleiben Sie an ihrer Feder und entdecken Sie, was Sie Großartiges erschaffen können.

Und nun lassen Sie uns neue Geschichten erfahren und eine Zeit lang versinken zwischen Tinte und Papier, Zeilen und Absätzen, Raum und Zeit. Zwischen dem, was war, und dem, was kommt. Denn es ist Zeit für einen Aufbruch.

Herzliche Grüße
Ihre Alexandra Schwarting
1.Vorsitzende Leseforum Oldenburg e.V.

*Insgesamt wurden 37 Geschichten zur Wertung eingereicht und einer ausführlichen Prüfung der Jury unterzogen.

Grußwort von Björn Thümler

Niedersächsischer Minister für Wissenschaft und Kultur

Mit dem diesjährigen Anthologie-Thema „Aufbruch" hat das Leseforum Oldenburg ein Thema gewählt, das kaum aktueller hätte sein können. Niedersachsen befindet sich im Auf- und Umbruch. Der Klimawandel, der digitale und demografische Wandel verstärken sich gegenseitig so sehr, dass die transformatorischen Bruchlinien Herausforderung und Chance gleichermaßen darstellen können. Während wir nach mehr als zwei Jahren Pandemie bestrebt sind, die Sonder- und Krisenlage endlich hinter uns zu lassen, wirft der mutwillige Bruch der europäischen Friedensordnung und die zunehmende Destabilisierung demokratischer Gesellschaften zusätzliche Fragen auf.

Inmitten dieses Auf- und Umbruchs suchen wir alle nach Orientierung. Gesucht sind nicht nur Lösungen, sondern auch Definitionen dessen, was ist und was sein soll. Da dieses Vortasten auf ungewohntes Terrain in vielfältiger Form beschrieben werden kann, eignet es sich ideal für erste literarische Gehversuche. Das weite Feld nicht nur der thematischen Ansätze, sondern auch der literarischen Ausdrucksformen in diesem Band zeigt, mit welchem Engagement, aber auch mit welchem Mut zur Selbsterfahrung die Autorinnen und Autoren die Herausforderung aufgenommen haben. Aufbruch steht oft für unsichere Perspektiven. Aufbruch kann mutig/übermütig, entschlossen, vorsichtig, ängstlich oder mutlos interpretiert werden. Aufgrund seiner Dynamik stellt es aber immer den

Status Quo in Frage. Daher kann diese Öffnung für Neues auch dazu beitragen, dass wir uns nicht nur Gedanken über unsere Ansätze machen, sondern wieder lernen, einander zuzuhören, Differenzen konstruktiv zu beleuchten und aus unterschiedlichen Erfahrungen neue Impulse zu entwickeln.

In diesem Sinne wünsche ich eine spannende Lektüre – und vielleicht den Mut, in der nächsten Anthologie selbst als Autorin oder Autor in Erscheinung zu treten.

Mit freundlichem Gruß

Eine Katastrofee bricht auf (1. Preis)

Martha Karge

Amalia spürte die Sonne auf ihrem Gesicht. Die warmen Strahlen kitzelten sie leicht an der Nase. Doch sie hielt die Augen weiterhin geschlossen und rührte sich nicht. Sie liebte diesen Moment der Ruhe direkt nach dem Aufwachen und versuchte, ihn deshalb in die Länge zu ziehen. Doch mit einem Mal fiel ihr wieder ein, was für ein Tag war. Der große Tag! Der Tag, auf den sie so lange gewartet hatte!

Mit einem Ruck richtete sie sich auf. Knall! Es rumste und schepperte. Wie so oft war sie mit dem Kopf gegen das Regal über ihrem Bett gekracht. Die darauf stehenden Bücher und der Zierrat waren samt und sonders heruntergefallen, weshalb Amalia jetzt in einem Haufen ihrer liebsten Habseligkeiten saß. Sie schüttelte leicht den Kopf und rieb sich die Stelle knapp über der Stirn, die das Regal getroffen hatte.

Viele hätten einen solchen Beginn eines wichtigen Tages sicher als schlechtes Omen angesehen. Amalia jedoch nicht. Sie war es gewohnt, vom Pech verfolgt zu sein. Ihrem ganzen Dorf ging es so. Der Klang von herunterfallenden Dingen, quietschende Aufschreie wegen zu kalten oder heißen Wassers und leises Stöhnen wegen gestoßener Köpfe oder Zehen waren die vertraute Geräuschkulisse, in der Amalia aufgewachsen war.

In ihrem Dorf lebten die letzten Vertreter ihres Volkes. Die Katastrofeen. Wegen eines Fluchs wurden sie von den anderen Feenvölkern immer belächelt und lebten am Rande der Gesellschaft. Keine von ihnen hatte ein politisches Amt, eine Führungsposition oder eine andere bedeutende Aufgabe zugewiesen bekommen. Die meisten hatten noch nicht einmal die Schule besucht.

Die Schule war nicht zu vergleichen mit den Einrichtungen, die die Menschen so nannten. Zum einen gab es nur eine Schule für alle Jungfeen. Und zum anderen ging es weniger darum, ihnen Mathe und Schreiben und solche Sachen beizubringen, als vielmehr sie auf die verschiedenen Aufgaben der Gesellschaft vorzubereiten und herauszufinden, welche ihnen am meisten lag.

Es gab die Naturbegabten. Sie kümmerten sich um alle Pflanzen und Lebewesen. Die Sich-Erinnernden beschäftigten sich mit der Geschichte der Feen. Die Logiker waren die Wissenschaftler und konnten eigentlich auf jede Frage eine Antwort finden. Die Krieger verteidigten die Völker im Ernstfall und sorgten auch sonst für Recht und Ordnung im Land. Und dann gab es natürlich die Führenden. Sie leiteten die Völker der Feen und trafen die großen Entscheidungen.

Die Katastrofeen passten nur selten in irgendeine dieser Gruppen. Wenn sie überhaupt einmal eine Abschlussprüfung schafften, wurden sie Naturbegabte. Da alle Feen der Natur sehr viel enger verbunden waren als die Menschen, hatte diese Gruppe den größten Anteil unter allen

Völkern. Doch meistens schafften die Katastrofeen die Prüfungen nicht, weil ihr Pech ihnen einen Strich durch die Rechnung machte. Sie verloren wichtige Dinge, ihr Wecker ging kaputt, weshalb sie zu spät kamen, oder sie verletzten sich, so dass sie die Aufgaben nicht abschließen konnten. Amalias Mutter war eine der ganz wenigen gewesen, die als Naturbegabte eingeteilt worden war.

Da sie damit eine kleine Berühmtheit war, hatte Amalia stärker im Fokus der Aufmerksamkeit gestanden als andere Jungfeen ihres Volkes. Wegen dieser besonderen Position und weil Amalia ganz besonders starrsinnig war, hatte sich ihr Wunsch gebildet, als erste Katastrofee in eine der anderen Gruppen aufgenommen zu werden. Die anderen hatten natürlich versucht, es ihr auszureden. Sie hatten aber nur teilweise Erfolg. Es war ihnen gelungen, Amalia klarzumachen, dass ihre Vergesslichkeit sie vermutlich nicht für die Sich-Erinnernden qualifizierte. Und auch die Gruppe der Krieger wurde letztendlich übereinstimmend ausgeschlossen. Die angeborene Tollpatschigkeit und die vielen Unfälle wären wohl kaum eine gute Voraussetzung für eine Kriegerin. Amalia sah am Ende ein, dass sie als Kriegerin nicht nur sich, sondern auch die anderen der Gruppe permanent gefährden würde.

So blieben nur noch die Logiker und die Führenden. Die anderen waren auch bei diesen beiden felsenfest überzeugt, dass sie es nicht schaffen könne, aufgenommen zu werden. Doch alles Argumentieren, Bitten und Horror-Szenarien-Ausmalen hatte nichts genützt. Amalia war stur geblieben und würde sich heute aufmachen, um an die Schule zu reisen und zu versuchen, in eine dieser beiden Gruppen aufgenommen zu werden.

Sie packte ihre Sachen zusammen. Unnötig zu erwähnen, wie oft sie sich dabei stieß und schrammte. Nur der Schnitt des Blattes eines ihrer Bücher störte sie tatsächlich. Denn natürlich bekam sie beim Baden ständig Seife in die Wunde, was sehr fies brannte. Amalia trocknete sich gründlich ihre dunklen Haare. Sie hatte bisher noch jedes Mal einen Schnupfen bekommen, wenn sie mit feuchten Haaren geflogen war. Und eine Erkältung wollte sie zu Beginn ihrer Schulzeit nicht riskieren. Dann endlich, nur ein wenig hinter ihrem Zeitplan hinterherhinkend, war sie bereit zum Aufbruch. Sie trat an die Luke in der Wand ihres Zimmers und breitete die schimmernden Flügel leicht aus. Sie wollte sich nicht gleich hoch in die Lüfte erheben, sondern erstmal nur zum nahen Dorfplatz gleiten, um sich zu verabschieden. Beim Start verhedderten sich ein paar ihrer Haare in einem Riss in einem der Wandbretter, doch das Ziepen spürte sie durch ihre Aufregung kaum.

Das ganze Volk wartete auf die drei Jungfeen, die sich heute auf den Weg zur Schule machen wollten. Wie so oft stand Amalia im Mittelpunkt der Aufmerksamkeit. Alle wussten immerhin um ihre großen Pläne. Sie riefen ihr Ratschläge, Ermahnungen und besonders Warnungen zu. Als sie sich am Ende in einer Umarmung ihrer Mutter fand, flüsterte diese ihr in Ohr: „Sei vorsichtig, mein Flügelchen. Es ist nicht gut, zu viel zu wollen." Amalia wusste, dass ihre Mutter es nur gut mit ihr meinte und sie vor einer Enttäuschung bewahren wollte. Doch in diesem Moment… Dieser Moment war der Beginn ihres neuen Lebens. Dies war der Anfang einer neuen Chance für ihr Volk. Sie hätte sich nur dieses eine Mal Ermutigung gewünscht. Amalia war daran gewöhnt, dass ihr Volk den Fluch, unter dem es stand, einfach akzeptierte und nie versuchte sich gegen sein Schicksal zu wehren. Doch Amalia war eben irgendwie anders. War das denn etwas Schlechtes? War es wirklich so falsch von ihr, mehr zu wollen?

Amalia und ihre beiden Begleiter Heidi und Joseph erhoben sich unter den Rufen der Dorfbewohner in die Luft und wandten sich nach Süden ihrem gemeinsamen und doch so unterschiedlichen Ziel entgegen. Deutlich hörte Amalia die Stimme ihrer Mutter aus den anderen heraus. „Bleibt zusammen. Verliert euch bloß nicht!" Natürlich. Katastrofeen wussten, dass sie immer zusammenbleiben mussten. Ihr Schicksal hielt einfach zu viele Risiken für sie bereit, um sich ihnen allein zu stellen. Also flogen sie nah genug beieinander, um sich nicht zu verlieren, aber doch weit genug entfernt, um sich nicht mit ihren Flügeln ins Gehege zu kommen. Ganz so, wie sie es gelernt hatten.

Doch nur zwei kurze Stunden waren vergangen, als Amalia einen Fehler machte. Sie hatte noch immer über die Worte ihrer Mutter nachgedacht und nicht richtig aufgepasst. Dadurch war sie so weit abgesunken, dass sie mit einem Flügel an einer hohen Baumspitze hängen blieb. Sie trudelte in die Tiefe. Zwar versuchte sie den beiden vor ihr Fliegenden noch etwas zuzurufen, aber natürlich kam genau in diesem Moment eine Böe auf und entriss ihrem Mund die Worte. Heidi und Joseph bemerkten nichts und entschwanden rasch Amalias Blick, während sie weiterhin versuchte, sich zwischen den Bäumen wieder zu fangen. Es gelang ihr allerdings nur, ihren Sturz zu verlangsamen. Die Äste der Bäume reichten weiter unten viel näher aneinander, sodass sie es nicht schaffte, ihre Flügel wieder ganz auszubreiten. Mit einem vernehmlichen Rumsen landete sie schlussendlich auf einem breiten Ast und ließ einen Regen aus Nadeln auf den Waldboden rieseln.

Sie blickte nach oben und versuchte, einen Weg zwischen den Ästen auszumachen, durch den sie wieder in den freien Himmel aufsteigen könnte, doch sie konnte einfach keinen finden. Damit blieb nur noch die Möglichkeit, ganz auf den Boden hinabzuklettern und sich zu Fuß auf den Weg aus dem Wald hinauszumachen. Draußen würde sie dann versuchen, den Weg zur Schule ohne Heidi und Joseph zu finden.

Lange über die bevorstehende Aufgabe nachzugrübeln, würde sie auch nicht angenehmer machen. Also begann Amalia ihren Abstieg vom Baum herunter. Mal ließ sie sich am Stamm hinabrutschen, mal öffnete sie die Flügel eine Winzigkeit, um auf einen niedrigeren Ast zu springen. Als sie schließlich unten ankam, hatte sie an Händen, Füßen und Flügeln unzählige Splitter und Kratzer.

Sie war tief betrübt. Die Schule begann zwar erst morgen Abend, weshalb sie eigentlich noch genug Zeit hatte, dort hinzukommen. Aber sie hatte sich im Fallen so oft gedreht, dass sie völlig die Orientierung verloren hatte. Und ohne die Sonne konnte sie nicht erkennen, wo Süden war. Ihr blieb also nur, sich aufs Geratewohl in eine Richtung aufzumachen und zu hoffen, dass sie schnellstmöglich aus dem Wald herauskam. Allerdings konnte sie auf diese Art auch immer noch tiefer in den Wald geraten. Bei diesem Gedanken überkam Amalia ein Gefühl der Hoffnungslosigkeit. Sie ließ sich auf den Waldboden sinken und spürte Tränen über ihr aufgeschürftes Gesicht laufen. Wie konnte ihr nur ein solcher Fehler passieren? Sich so in ihren Gedanken zu verlieren, dass sie nicht mehr aufs Fliegen achtete? Das hatte ihre Mutter ihr doch immer und immer wieder gesagt. „Amalia, beim Fliegen denkst du nur ans Fliegen. Alles andere kann warten, bis du mit beiden Beinen fest auf dem Boden stehst." Das Gleiche hatte sie auch bei anderen Dingen gesagt, wie beispielsweise Treppensteigen oder einfach nur Laufen. Katastrofeen sollten sich am besten immer nur auf die eine Sache konzentrieren, die sie gerade machten. Auf diese Weise ließen sich Unfälle am besten vermeiden.

Doch während Amalia sich selbst schalt, kamen ihr andere Worte ihrer Mutter in den Sinn. „Aller Anfang ist schwer", hatte sie gesagt, als Amalia das erste Mal bei ihren Flugversuchen abgestürzt war. Nun, dies hier war ein Anfang. Der Anfang ihres neuen Lebens. Also war es auch klar, dass es nicht ganz einfach werden würde. Zwar kamen die Schwierigkeiten früher als erwartet und auch in etwas anderer Form, aber sie musste sie eben einfach überwinden. So wie immer!

Entschlossen trocknete Amalia ihr Gesicht mit ihrem Ärmel und stand auf. Sie musste sich für eine Richtung entscheiden und dieser dann folgen. Irgendwo musste der Wald ja enden. Und selbst wenn sie den vielleicht längsten Weg wählte, würde sie ja trotzdem irgendeinen Rand erreichen. Beherzt wollte sie einen großen Schritt machen, als ihr ein sanftes Glühen auf der Erde auffiel. Es war genau dort, wo sie gerade ihren Fuß hatte hinsetzen wollen. Sie beugte sich herunter und grub die Finger vorsichtig in die lockere Erde.

Als sie das kleine Licht auf ihrer offenen Handfläche hielt und es von Tannennadeln und Erde befreit hatte, entfuhr ihr ein kleiner Aufschrei der Überraschung. Konnte es tatsächlich das sein, was sie dachte? Es war eindeutig ein Glühwürmchen. Aber...? Ja. Amalia war sich sicher. Es schimmerte nicht nur gelblich wie die gewöhnlichen Glühwürmchen. Die Farben wechselten am Rand des Lichtkreises auch in alle anderen Farben des Regenbogens. Es war wunderschön! Und es bedeutete, dass Amalia ein Glücksglühwürmchen gefunden hatte. Diese Geschöpfe waren seltener als vierblättrige Kleeblätter in der Menschenwelt. Und sie brachten mit Sicherheit deutlich mehr Glück!

Amalia strich leicht mit einem Finger über den Kopf des Wesens. „Hallo, kleines Würmchen!" Das Glücksglühwürmchen reagierte nicht. Amalia vermutete, dass sie bei ihrem Sturz auf ihm gelandet war und es verletzt hatte. Es wirkte völlig benommen. Damit war es natürlich ihre Pflicht, ihm zu helfen. Doch was konnte sie schon für dieses winzige Geschöpf tun? Alles, was sie selbst versuchen würde, würde unweigerlich in einer Katastrophe enden. Aber nichts zu tun und einfach zu hoffen, dass es sich von allein wieder erholen würde, kam auch nicht in Frage. Die einzige Lösung war es, das Glücksglühwürmchen mit zur

Schule zu nehmen. Dort würde sicher jemand wissen, was zu tun wäre.

Somit blieb Amalias Plan unverändert. Die Schule schnellstmöglich zu erreichen, war nun doppelt wichtig. Also musste sie sich sputen. Sie machte einen beherzten Schritt. Doch in diesem Moment rührte sich das Glücksglühwürmchen zum ersten Mal. Es schien eine bewusste Bewegung gewesen zu sein. Amalia öffnete leicht die Hand, in der sie es trug, und blickte auf das Wesen. Es hatte sich auf ihrer Hand diagonal lang ausgestreckt. „Alles ist gut, Würmchen! Ich nehme dich mit. An der Schule kann dir bestimmt jemand helfen!" Wieder machte sie einen Schritt vorwärts. Doch diesmal zwickte ihr das Glühwürmchen kräftig in die Hand. Und streckte sich dann wieder aus. Amalia konnte die scharfen kleinen Beißwerkzeuge noch sehen, doch ihre Haut war nicht einmal angekratzt. Also hatte das Wesen sie nicht verletzen wollen. Wollte es ihr etwas mitteilen? So musste es sein, denn nun blickte es sie aus erstaunlich intelligenten Augen an, zog sich ein wenig zusammen und streckte sich wieder lang aus.

Natürlich! Es schien ihr den Weg zeigen zu wollen. Amalia drehte sich in die angezeigte Richtung und auch das Glücksglühwürmchen drehte sich auf ihrer Handfläche, sodass es nun gerade auf ihrem Mittelfinger lag, mit dem Kopf auf Amalias Fingerkuppe. Und als Amalia sich diesmal in Bewegung setzte, blieb das Geschöpf ruhig liegen. Die Jungfee schritt zügig aus. Doch da ihr Blick immer wieder zu dem überraschenden Fund auf ihrer Hand wanderte, vergaß sie manchmal, auf den Boden vor ihren Füßen zu achten. So wurde es eine rechte Stolperpartie durch den Wald.

Einmal noch wurde sie kräftig gezwickt, weshalb Amalia sofort stehen blieb und das Wesen genau betrachtete. Die Richtung schien immer noch zu stimmen. Jedenfalls lag es unverändert gerade da. Aber was war mit seinen Augen? Sie bewegten sich ganz merkwürdig. Eine Sekunde später begriff Amalia, dass das Tier doch tatsächlich die Augen verdrehte. Sie blickte sich um und erkannte, dass sie drauf und dran gewesen war, in eine tiefe Grube zu stürzen. Sie lachte laut auf. Sie konnte einfach nicht anders. Liebevoll hob sie das Geschöpf an ihr Gesicht und rieb leicht mit ihrer Wange über den zarten Körper. „Dankeschön, Glüglü!" Das Glücksglühwürmchen schmiegte sich in die Berührung und Amalia wurde schlagartig klar, dass sie Freunde waren. Und einen Namen hatte das Wesen nun auch. Glüglü. Was für eine ungewöhnliche Freundschaft! Eine vom Pech verfolgte Katastrofee und ein Glücksglühwürmchen. Das würde ihr zu Hause niemand glauben.

„Weißt du, Glüglü? Wir haben ja gerade beide das gleiche Ziel. Die Schule. Und ich bin sicher, mit deiner Hilfe schaffe ich es, uns beide dort unversehrt hinzubekommen." Das Glüglü nickte sacht mit dem Kopf. Davon ermutigt, erzählte Amalia ihrem kleinen Freund im Gehen von ihren Plänen an der Schule und auch, wie wenig ihr Dorf an sie glaubte. „Aber jetzt glaube ich noch mehr daran, dass ich es schaffe! Aller Anfang mag ja schwer sein, aber mit einem so lieben Freund wie dir bin ich bestimmt stark genug, alle Schwierigkeiten zu meistern! Und wenn der Anfang erstmal gemacht ist, muss ich ja einfach nur noch weitergehen."

Und als hätte die Natur beschlossen, ihre Worte zu unterstreichen, öffnete sich in diesem Moment der Wald vor ihr. Amalia betrat mit ihrem Glüglü auf der Hand eine offene Grasfläche und blinzelte direkt in die im Süden stehende Sonne. Nicht nur, dass sie genau auf dem richtigen Weg war, sie hatte auch noch mehr als einen Tag Zeit, die Schule zu erreichen. Besser hätte es gar nicht sein können. Naja... natürlich wäre es besser gewesen, nicht abzustürzen, aber dann hätte sie auch ihr Glüglü nicht getroffen. Also konnte Amalia wohl mit Fug und Recht behaupten, dass heute der erste Glückstag ihres Lebens war! Der perfekte Start in ihr neues Leben. „Bist du bereit, Glüglü?" Das Wesen schmiegte sich eng in ihre Handfläche und blinzelte liebevoll zu ihr hoch. Das nahm sie als ein klares „Ja" und schwang sich hinauf in den Himmel.

Der restliche Flug zur Schule verlief geradezu ereignislos. Das Wetter war stabil und der Wind stand genau richtig. Und jedes Mal, wenn Amalia mit ihren Gedanken abdriftete oder sich in dem Anblick des sanften Schimmerns ihres Freundes auf ihrer Hand verlor, kniff dieser sie leicht oder bewegte sich, um sie aufzurütteln. So fiel es ihr leicht, sich immer wieder rechtzeitig auf das Fliegen zu konzentrieren, so dass sie keine weiteren Unfälle erlitt.

Schon wenige Stunden später kam die Schule in Sicht. Es war ein großes Schloss mit vielen Türmen, umgeben von einem weitläufigen Gelände. Die Türme schienen geradezu durchlöchert. Doch Amalia erkannte sofort, dass es hunderte von Ausflugsöffnungen aus ebenso vielen Zimmern waren. Sofort fragte sie sich, hinter welcher dieser Öffnungen sich ihr neues Zuhause wohl befinden mochte. Aufgeregt, wie sie war, kam sie leicht ins Trudeln. Doch das Glüglü liebkoste sanft ihre Hand, um sie zu beruhigen. Ihr Flug stabilisierte sich wieder. Und jetzt erkannte sie auch eine große Fahne auf einem hohen Tor. Das musste der Eingang zum Schloss sein, wo sich die neuen Schüler treffen sollten. Amalia hielt geradewegs auf die Stelle zu und landete, nur leicht über einen Stein stolpernd auf dem Platz. Kaum hatte sie ihre Flügel zusammengefaltet, liefen auch schon Heidi und Joseph auf sie zu. „Was ist passiert? Wo warst du denn plötzlich? Ist alles in Ordnung mit dir?" Die Fragen sprudelten nur so aus den beiden hervor. Doch Amalia hatte keine Zeit, ihre Geschichte zu erzählen. „Mir geht es gut. Könnt ihr mir sagen, wo ich einen Lehrer finde?" Die beiden wirkten verdutzt, wiesen aber ohne weitere Nachfragen in Richtung des Eingangs auf eine hochgewachsene schlanke Fee, die in ihren Armen ein Klemmbrett hielt.

Zügig stolperte Amalia, das Glüglü sicher in ihrer Hand, auf sie zu. „Hallo. Ich bin Amalia und…", weiter kam sie nicht, denn die Fee unterbrach sie mit strenger Stimme. „Du bist also die, die schon auf dem Weg hierher in Schwierigkeiten geraten ist. Na, das ist ja ein guter Start." Amalia sackte ein wenig in sich zusammen. Doch auch jetzt half ihr das Glüglü. Es drückte den Kopf durch Amalias Finger und summte leicht. Sofort änderte sich die Haltung der Lehrerin. „Ist das ein Glücksglühwürmchen? Was ist mit ihm passiert?" Jeder Gedanke an Amalias Fehler schien vergessen. Natürlich war dieses seltene Geschöpf viel wichtiger. Amalia verspürte eine unglaubliche Dankbarkeit, dass das Glüglü die Aufmerksamkeit von ihr abgelenkt hatte. „Ich habe es verletzt im Wald gefunden." Sie musste es ja nicht gleich jedem auf die Nase binden, dass vermutlich sie selbst es gewesen war, die es verletzt hatte. „Ich habe es mitgebracht, weil ich gehofft habe, dass Sie ihm hier helfen können." „Das war sehr richtig!", antwortete die Lehrerin. „Ich nehme es dir ab." Und sie streckte die Hand aus. Doch als Amalia ihr das Glüglü übergeben wollte, klammerte dieses sich geradezu an ihre Hand. Die Lehrerin bekam ganz große Augen. „Ein Glücksglühwürmchen, das sich an eine Katastrofee gebunden hat?! Das hat es ja noch nie gegeben!" Sie winkte einer anderen Lehrerin zu, ohne jedoch den Blick von Amalias Hand zu wenden. „Nimm die beiden mit in die Krankenräume, Diana. Und kümmert euch gut um sie. Das hier scheint der Anfang von etwas absolut Außergewöhnlichem zu sein! Ich bin sicher, wir haben von diesem Team Großes zu erwarten!"

Kein Hauch von Zweifel lag mehr in ihrer Stimme. Amalia konnte es kaum glauben. Sie hatte es geschafft, zur Schule zu kommen, ihrem Glüglü würde es bald wieder gut gehen, plötzlich wurde ihr eine große Zukunft prophezeit und das Beste von allem: Sie brach in diese große neue Zeit ihres Lebens auf, mit einem wunderbaren Freund an ihrer Seite! Als Team, Amalia und ihr Glüglü.

Im Herztresor (2. Preis)

Fabian Schmidt-Fich

Aufbruch. Per Definition der Beginn eines Vorganges, bei dem sich jemand entfernt. Aber von was entfernt man sich? Von einem Ort? Oder von sich selbst? Oder von einer Erinnerung?

Da ist eine Erinnerung. Mein Geheimnis. Ich habe es nie jemanden erzählt. Warum? Als es geschah, da hätte ich mich jemanden anvertrauen müssen. Ich hätte es jemanden erzählen können, aber ich habe mich entschieden, es für mich zu behalten. Wenn ich es niemanden erzähle, so dachte ich mir, so wird es verschwinden. Im Vergessen eingemauert.

Sicher weggeschlossen im Herztresor. Für immer im Herztresor. Ich will aufbrechen! Mich endlich von dem, was man mir angetan hat, entfernen. Aber was ist, wenn das, von dem ich mich entfernen muss, nicht möchte, dass es mich aus seinem Bann verliert. Es läuft mir hinter her und holt mich am Ende ein. Immer.

Ich habe Alise getroffen. Wir saßen in den Vorlesungen immer beieinander. Unsere Stammplätze in der dritten Reihe. Wenn man in den Vorlesungssaal kam, dann waren die Reihen vorne immer frei, während sich die Kommilitonen um die Plätze in den hinteren Reihen rangelten. Mir waren die vorderen Plätze immer am liebsten, da ich es verabscheue, in großen Mengen gequetscht zu werden. Alise ging es vielleicht ähnlich. Manchmal hatte sie Freundinnen dabei, hin und wieder saß sie allein. Zwischen uns beiden waren immer mindestens zwei Plätze frei. So hatte jeder seinen Raum, sich auszubreiten. Ich sprach mit ihr kein Wort. Nur Blicke konnte ich ihr zuwerfen.

Es war Alise, die mich ansprach. Sie hatte eine Vorlesung versäumt und fragte mich, ob sie sich meine Mitschriften ausleihen dürfte, um sie zu kopieren. So kamen wir ins Gespräch. „Ich finde das seltsam, dass ich so oft in deiner Nähe sitze, aber überhaupt nicht weiß, wer du bist." „Ich bin Amadeus", sagte ich. „Und bin 21 Jahre alt."

Mit 15 traf ich Kay das erste Mal. Meine Mutter hielt es für angebracht, mir einen privaten Schwimmlehrer anzustellen. „Wenn du schon so viel Zeit in diesem Schwimmbad verbringst", sagte Mutter, „dann will ich, dass du es richtig machst und deine Zeit nicht mit dummem Geplansche vertrödelst!" Sie hatte auf einer Onlineseite für private Lehrer gestöbert und jemanden gebucht. „Der wird dir gefallen", versicherte Mutter. Vor dem Schwimmbad wartete er. Ein junger Mann, schnittige braune Haare, lässige Klamotten. Er wartete auf uns, mit der Schwimmtasche zu seinen Füßen. Als wir geparkt hatten, stürmte Mutter zu ihm. „Ich bin Frau Wessel. Wir haben miteinander über lehrer-gesucht-gefunden.

de geschrieben. Das ist mein Sohn, Amadeus.
Ihn sollen Sie trainieren." Kay gab mir die Hand.
„Machen Sie sich keine Sorgen", sagte Mutter,
„er spricht nie sonderlich viel."

Alise und ich redeten eine ganze Weile. Sie
war es, die fragte, ob wir an diesem Abend
etwas zusammen essen wollten. Ich sagte ja.
In meinem Leben war ich davor noch nie mit
jemanden ausgegangen. Geschehenes, was ich
zu meinem Geheimnis gemacht habe, war daran
schuld, dass ich Dates scheute. Mir gelang es,
dass Geheimnis im Herztresor zu lassen, wenn ich
für mich war. Beim Erledigen meiner Aufgaben
für die Uni, beim Austoben im Fitnessstudio
oder wenn ich vor der Spielekonsole meine Zeit
verschwendete. War jemand bei mir, den ich
zu mögen begann, dann fiel es mir schwer, den
Herztresor geschlossen zu halten.

„Du hast echt was drauf, Amadeus. Ich
habe dich nun für die regionale Meisterschaft
angemeldet." „Ach, das pack ich nicht." „Doch!
Wenn wir genug trainieren, dann schaffst du
das!" Kay klopfte mir auf die Schulter.

Am Abend verließ ich mein Zimmer im
Studentenwohnheim. Mit dem Bus fuhr ich in die
Stadt und war viel zu früh. Lange stand ich vor
dem italienischen Restaurant, dessen Adresse
Alise mir per Whatsapp geschickt hatte. Nach
kurzer Warterei erschien Alise. Ihr hübsches
Gesicht zierte ein Lächeln.

Kay hat immer gelächelt. Egal, wie gut oder

schlecht ich beim Training war, Kay lächelte mich immer an. Er hatte ein schönes Lächeln. Dabei zeigte er immer seine schönen weißen Zähne.

„Hi", sagte Alise. Sie umarmte mich. Darauf war ich nicht vorbereitet. Alises zarte dünne Arme schlangen sich um mich. Ich blieb steif stehen. Es wäre an mir gewesen, die Umarmung zu erwidern. Aber ich konnte nicht.

Kay hat mich immer umarmt. Bei jedem Training. Zur Begrüßung, wenn wir uns vor dem Schwimmbad trafen und zum Abschied, wenn wir wieder auseinandergingen. Ihn konnte ich umarmen.

Alise war für einen Moment verwirrt, da sie merkte, dass ich die Umarmung nicht erwiderte. Hastig fing sie sich wieder. Wir betraten das Restaurant. Die Kellnerin brachte uns zu einem Platz in einer ruhigen Ecke. Brennende Kerzen standen auf dem Tisch. Lautsprecher verströmten leise italienische Gitarrenmusik im Raum. Die Kellnerin brachte uns die Speisekarte und nahm die Bestellung unserer Getränke entgegen. Alise und ich blätterten eine Weile in der Speisekarte. Als wir beide unsere Wahl getroffen hatten, legten wir die Speisekarten beiseite, gaben unsere Bestellung auf und als die Kellnerin die Getränke brachte, fingen wir an, uns zu unterhalten.

Hauptsächlich redeten wir über unser Studium. Ich lenkte das Gespräch auf dieses Thema und versuchte krampfhaft, dass es bei diesem Thema blieb. Ich hasste es, wenn Leute mich über mein Leben und über meine Familie ausquetschten.

Immer, wenn ich an mein Leben denke, kommt mir mein Geheimnis im Herztresor wieder in den Sinn und der Zwang des Denkens bringt mich dazu, es wieder hervorzuholen. Auch hatte ich immer Angst, dass mir etwas rausrutscht, das andere mein Geheimnis im Herztresor erahnen lässt. Wenn es jemand weiß, dann kann ich es nie wieder in meinen Herztresor einschließen.

Als Alise es müde wurde, über Hausarbeiten, Kurse und Dozenten zu reden, fing sie an, über sich selbst und die Dinge zu reden, die sie gerne mochte. Dabei kam heraus, dass wir eine Sache hatten, die wir beide gemeinsam sehr mögen. Wir beide liebten J.R.R Tolkien und seine Werke. Dieses Thema steckte mich an und ich begann, mit ihr über Mittelerde zu fachsimpeln.

„Ich habe eine Erstausgabe vom Herrn der Ringe. Die habe ich von meinem Opa geerbt." Da staunte Alise.

„Echt? Die musst du mir unbedingt zeigen."

Als Alise dies gesagt hat, da streckte sie ihren Arm aus, einmal quer über den Tisch, an den Kerzen vorbei, zu mir herüber. Sie legte ihre Hand auf meine. Ich spürte ihre weiche Haut auf meiner, die Berührung der Spitzen ihrer zarten Finger. Ich weiß, dass ich etwas anderes hätte empfinden müsste. Aber wieder kroch das Geheimnis aus dem Herztresor hervor.

Ich war niedergeschlagen. Nach dem Training saß ich in der Umkleide, nur ein Handtuch um die Hüfte, auf den Holzbänken vor den Spinden und schaute traurig drein. „Ich schaffe das nie", sagte ich. Seit zwei Trainingseinheiten hatte ich mich nicht verbessert. Kay setzte sich neben mich. „Wir fahren nicht mehr zum Wettbewerb", kam es aus mir raus. „Mama soll das Hotel stornieren und ich melde mich vom Wettbewerb ab!" „Hey", sagte Kay beruhigend. Seine große starke Hand nahm meine. „Beruhig dich, Amadeus. Wir schaffen das! Ich helfe dir dabei!"

Ruckartig zog ich meine Hand zurück. Alises Hand landete auf dem harten, glatten Holz des Tisches. Ich nahm meine Hände wieder zu mir, legte sie in meinen Schoß und verkrampfte sie dort zu Fäusten. Ich merkte, wie sich meine Fingernägel in das eigene Fleisch an den Handballen bohrten. Alise zog ihre Hand auch zurück. Sie strich sich nervös durch ihre langen Haare, die wie tausend Goldfäden von ihrem Kopf herunterflossen, bis fast zu ihrer Hüfte. Sie sagte kein weiteres Wort. Ich schwieg ebenso. Starr hingen meine Augen an meinem Glas Pepsi-Cola und ich beobachtete, wie die Bläschen der Kohlensäure nach oben blubberten. Die Kellnerin kam und brachte Alise ihre Pasta und mir meine Pizza. So brauchten wir nicht zu reden. Als die Stille anfing, erdrückend zu werden, fragte ich Alise, ob sie schon angefangen hätte, für die Klausur in Modul 9 zu lernen. Darauf sprang sie an. Wir redeten über den Kurs, den komplizierten Stoff und die gestrenge Dozentin. Dies half dabei, dass Geheimnis aus dem Herztresor für eine Weile zu bannen. Aber dieses Thema war irgendwann auch durchgesprochen.

„Du wohnst im Studentenwohnheim?", fragte Alise aus heiterem Himmel. Ich bejahte.

„Hast du die Erstausgabe auf deinem Zimmer?"

„Ja", sagte ich. „Von der trenne ich mich nicht.

Die zieht überall mit mir hin." „Ich möchte sie gerne sehen."

„Dann zeige ich sie dir, irgendwann."

„Ich möchte sie gerne jetzt sehen!"

Mir fiel nichts ein, wie ich Alise hätte abwimmeln können. Aber was war auch dabei, ihr drei alte vergilbte Bücher zu zeigen? Wir winkten die Kellnerin her und baten um die Rechnung. Ich zahlte für Alise. Dann nahmen wir den Bus, fuhren zum Studentenwohnheim. Alise wohnte in einer WG in der Stadt, daher war ihr das Studentenwohnheim mit seinem befleckten blauen Teppichboden und den kleinen Zimmern, in welches jedes Erstsemester versucht, sein Hab und Gut hineinzuzwängen, fremd. Mein Zimmer war vollgestellt mit einem Bett, Schreibtisch, einem Regal, auf dem der Fernseher und die Spielekonsole thronten und meinem großen Bücherregal. Nachdem ich Alise in mein Zimmer geführt hatte, ging ich gleich an das Bücherregal und holte zielstrebig drei Bücher heraus. Ich reichte sie Alise, die die Bücher annahm, nachdem sie die Zimmertür hinter sich geschlossen hatte.

Alise schaute die Bücher nur kurz an

„Die sind hübsch."

Alise legte die kostbaren Bücher auf den Schreibtisch.

„Genau wie du."

Ehe ich mich versah, kam Alise mir näher. Sie schlang wieder die Arme um mich und drückte ihren Mund auf meinen. Die Liebkosung ihrer Lippen fühlte sich warm an. Ich wollte, dass diese Wärme blieb. Es sollte sich einmal richtig anfühlen. Aber je mehr ich mir vornahm, dies für mich zu bewahren, desto unwohler wurde mir.

„Mach dich locker. Entspann dich!", flüsterte Alise mir ins Ohr.

„Nein!", murmelte ich.

Alise rieb mir mit ihren Händen über meinen ganzen Körper.

Sie besaß mehr Kraft, als man glauben mochte. Sie versuchte, mich zum Bett zu drängen. Alise fand den Weg unter mein Hemd. Ihre Hand griff fest an meinem Bauch zu.

Der Tag des Wettbewerbes kam. Ich fuhr mit Kay nach Frankfurt. Dort trat ich zum Wettbewerb an. Als der Startschuss erschallte, sprang ich in das Wasser. Ich gab alles. Meine ganze Kraft, die ich aufbringen konnte, setzte ich ein. Ich wollte gewinnen! Für mich! Für Kay, den ersten Menschen in meinem Leben, der mir das Gefühl gegeben hat, dass auch ich ein Gewinner sein kann. Er stand am Beckenrand und feuerte mich an. Am Ende belegte ich den dritten Platz! Ich posierte für die Zeitung auf der untersten Stufe des Siegertreppchens. Der Bürgermeister von Frankfurt hing mir eine Bronzemedaille um. Ein Siegestaumel überkam mich. Den Rest des Tages verbrachte ich wie im Rausch. Das war besser als jede Droge, dachte ich mir. Ich war davon überzeugt, wenn ich mit Kay weiter trainieren würde, dann stünde ich das nächste Mal auf dem obersten Treppchen!

Nachdem ich mit Kay ordentlich gefeiert hatte und danach in meinem Bett lag, wurde ich geweckt. Jemand hatte meine Bettdecke von meinem Körper gezogen. Ich sah Kay, der sich über meinen Körper beugte. Er war nackt.

„Sei still", sagte er. Seine Hände glitten über meinen Oberkörper, hinunter zum Bund meiner Boxershorts. Kay griff fest den Bund an, zog sie mit Gewalt hinunter. Mit Schrecken sah ich, wie das, was Kay zwischen den Schenkeln hatte, immer mehr anschwoll. Ich drückte meine Beine zusammen. Kay beugte sich zu mir runter. Ich spürte seine Haut auf meiner. „Sei still", sagte er erneut. Bevor ich schreien konnte, drückte er seine Lippen auf meine und hielt so die Hilferufe in der Kehle gefangen. Ich versuchte, mich zu wehren, aber er hielt mich fest. Ich spürte seine Berührung überall. Als er Hand an meinen Penis legte, da überfiel eine Kälte mein Inneres, die mich vereiste. Ich blieb liegen, erstarrt. Meine Versuche, mich zu wehren, hörten plötzlich auf. Kay rieb sich an meinem Körper. Dabei fasste er sich selbst an. Er stöhnte, lechzte. Ich machte keinen Mucks mehr. Irgendwann kam er laut hörbar, ich spürte, wie etwas auf meine Brust träufelte. Dann ließ er von mir ab und ging wieder in sein Bett, so als wenn nichts gewesen wäre. Ich blieb liegen. Erstarrt für den Rest der Nacht. Wie in einer Betäubung ging ich die nächsten Wochen durch das Leben. Von da an schwänzte ich das Schwimmtraining. Kay nahm Kontakt zu meiner Mutter auf. Er war so dreist, nachzufragen, warum ich nicht mehr kommen würde. Meine Mutter schimpfte mich aus. Sie warf mir vor, dass ich ihr Geld verschwende. In diesem Moment hätte ich es ihr sagen sollen. Aber ich konnte nicht. Immer, wenn ich mich jemanden anvertrauen wollte, hörte ich Kays Stimme in meinem Kopf: Sei still. Diese Nacht im Hotelzimmer veränderte alles. Ich mied Menschenmassen. Zuerst fühlte ich mich schmutzig und benutzt, duschte deswegen bis zu dreimal am Tag, ohne dass ich mich besser fühlte. Nachts lag ich wach im Bett, grübelte darüber nach, was ich getan hatte, was Kay dazu getrieben oder ermuntert hatte, mir so etwas anzutun. Er war ein Freund für mich gewesen. Ich musste doch etwas getan haben, was ihn dazu gebracht hatte, zu so einem Monster zu werden. Wut und Traurigkeit dominierten mich. Ich ließ meinen Zorn oft an Leuten aus, die nichts für meine Gefühle konnten. Das Verhältnis zu meiner Mutter wurde schwieriger, Freunde verlor ich. Immer wenn mich jemand berührte, sei es Mutter oder sonst wer, dann sah ich nicht das Gesicht der Person, welche zu mir zärtlich sein wollte. Ich sah nur Kays Gesicht. Seine braunen Haare, das verzehrte hübsche Grinsen. Sei still. Er sollte im Herztresor verschwinden. Aber Kay ist stärker. Er ließ sich damals nicht von mir bezwingen. Ich werde ihn nie bezwingen!

Der Schrei, der damals aus mir herauswollte, kam nun heraus. „Nein!", schrie ich. Es hallte im Zimmer. Mit meinen Händen stieß ich Alise von mir. Ich brachte die Kraft bei ihr auf, die mich damals bei Kay verließ. Alise kam ins Wanken, verlor das Gleichgewicht und fiel auf mein Bett.

„Was ist denn los? Stimmt mit dir was nicht?"

„Das verstehst du nicht! Verpiss dich einfach!"

Alise stand auf, schaute mich entgeistert und verwirrt an.

Dann eilte sie aus dem Zimmer. Ich glaubte, Tränen in ihren Augen glitzern zu sehen. Nachdem Alise gegangen war, stand ich allein im Zimmer. Den Blick auf die Tür gerichtet. Für einen Moment sah ich Kay dort stehen. Er stand dort so, wie er es immer getan hatte, als er vor dem Schwimmbad auf mich gewartet hat. Ich schrie. Die Bücher auf dem Schreibtisch wurden von mir gepackt. Ich schmiss sie durch den Raum, gegen die Tür und schrie nochmal. Ich schrie so laut, wie ich immer schreien wollte.

Bei der nächsten Vorlesung saß ich allein in der dritten Reihe. Mir war klar, solange das Geheimnis im Herztresor lauerte, würde ich immer allein bleiben. Allein, mit der Erinnerung an Kay, der mich immer einholt, egal, wie oft ich versuche, vor ihm davonzulaufen.

Eines Tages schlurfte ich vom Seminarsaal über den Campus, zu meiner Zimmertür im Studentenwohnheim. Als ich sie aufschließen wollte, sah ich, dass an ihr ein kleiner Klebezettel hing. Darauf stand etwas geschrieben:

„Du bist nicht allein. Rede mit mir! A."

Ich glaube, es ist Zeit, aufzubrechen. Wie oft habe ich mir das vorgenommen? Aber jetzt ist es anders. Bevor ich aufbreche, mich von ihm wegbewegen kann, muss ich Kay ein letztes Mal in sein lächelndes Gesicht schauen. Dann kann ich mich abwenden. Aufbrechen! Dieses Mal wird Kay stehen bleiben. Er wird mich nie wieder einholen.

Flucht (3. Preis)

Tabea Gläsner

Manchmal denke ich an meine Kindheit zurück. Lange ist es her – Jahrzehnte, aber ein paar Bruchstücke sind tief in meinem Kopf verankert. Dann sitze ich an grauen Tagen auf meinem Sessel und schaue aus dem Fenster und die Erinnerungen brechen über mir zusammen, treiben mich fort.

Ich gucke auf meine Füße herab. Die Schuhe sind vollkommen abgewetzt und die Sohlen sind durchgetreten. Eigentlich sind diese Schuhe nicht mehr dafür geeignet, eine weite Strecke zurückzulegen, geschweige denn durch den Schnee. Aber sie sind hier. Mehr habe ich nicht mehr, außer den Klamotten am Leib und der Stoffpuppe in meiner linken Hand. Meine anderen Sachen sind da geblieben. Die Kälte spüren meine Füße schon lange nicht mehr, sie sind schon vor einer Weile taub geworden. Auch scheinen sie es aufgegeben zu haben, mich daran erinnern zu wollen, anzuhalten und sie in warme und trockene Socken hochzulegen. Das war auch vorher. Mein ganzer Körper kennt wie automatisch den Bewegungsablauf, nimmt ihn nicht mehr wahr. Alles verschwindet im Dunst der ständigen Erschöpfung. Mein Kopf ist vernebelt und denkt schon lange nicht mehr nach. Selbst das Wort „laufen" ist aus ihm verschwunden. Es ist schon erstaunlich, wie die Angst einen Menschen vorantreiben kann und irgendwann die Kontrolle für Arme und Beine übernimmt. Auch diese Angst verwandelt sich im Laufe der Zeit zu einem „Muss". Du weißt nicht mehr, warum du weitergehst, aber du musst. Mein „Muss" ist dazu noch von meiner Mutter abhängig. Sie hält meine rechte Hand umklammert, lässt sie nicht los und zieht mich immer wieder hoch, wenn ich stolpere. Sie behält mich dicht bei sich. Genauso, wie sie meinen kleinen Bruder in Tüchern gewickelt vor ihrer Brust trägt. Nicht ganz so stark wie sie, aber fast, versuche ich meine Stoffpuppe festzuhalten. Ein weiteres „Muss" für mich.

Wir sind am hinteren Ende einer langen Reihe von Menschen. Eine Familie von vielen. Alle haben selbst mit einer tief in den Knochen steckenden Müdigkeit zu kämpfen, doch stehenbleiben ist keine Option. Die Temperaturen sind eisig und die Luft bildet kleine Wölkchen beim Ausatmen. Wir wandern durch eine weiße Winterlandschaft, beinahe schön. Würde einer von uns auf so etwas achten. Meine Mutter hatte es gerade noch geschafft, ein paar warme Klamotten und ein bisschen Proviant einzupacken, bevor wir übereilt aufgebrochen sind. Wohin genau, wissen wir selbst nicht, aber immer Richtung Westen, Hauptsache weg. Auf einmal stolpere ich schon wieder über eine Schneewehe, fange mich aber gerade noch rechtzeitig.

„Marie, nimm das", sagt meine Mutter und reicht mir den Knust eines alten Brotes. Bis zu diesem Zeitpunkt ist mir nicht bewusst gewesen, wie hungrig ich bin und ich kaue dankbar auf dem harten Stück Brot herum. Meine Mutter selbst nimmt sich nichts zu essen, sondern geht schweigend weiter. Viel ist von unserem Proviant nicht mehr übrig. Wir laufen bis zur Dämmerung, danach halten wir an. Obwohl Pausen gefährlich sind, tragen uns unsere Füße nicht mehr. Zusammen mit meiner Mutter suche ich nach einem kleinen Unterschlupf, wo wir die Nacht etwas geschützter und verborgen verbringen können. Feuerholz haben wir keins und selbst wenn, würde es die Gefahr erhöhen, entdeckt zu werden. Eng kuscheln wir uns aneinander, um uns trotzdem irgendwie warm zu halten. Gelingen will uns das nicht so recht. Vorsichtig versucht meine Mutter meinen kleinen Bruder zu stillen, doch es ist schwierig, ihn aufzuwecken. Die Kälte hat ihn einschlafen lassen und vom Schreien abgehalten. Gott sei Dank öffnet er die Augen und fängt langsam an zu trinken. Währenddessen betrachte ich meine Puppe und lass sie behutsam kreisen. Früher habe ich immer mit den anderen Kindern im Dorf zusammen gespielt. Wir waren im Sommer stundenlang draußen, sind über die Felder getobt und haben abends den Geschichten unserer Eltern gelauscht. Das scheint vor einer halben Ewigkeit passiert zu sein. Aber meine Puppe wollte ich nicht dort lassen, auch wenn wir vielleicht irgendwann zurückkehren. Sie ist und bleibt meine treue Gefährtin. Wie es jetzt wohl meinen anderen Freunden daheim geht? Ob sie auch aufgebrochen sind? Ich habe nach Gertrud und Karl Ausschau gehalten, entdeckt habe ich sie allerdings noch nicht. Ich hoffe, wo auch immer wir jetzt hingehen, werde ich schnell Freunde finden. Sie dürften sogar mit meiner Puppe spielen und wir könnten gemeinsam alte Tannenzapfen kicken. Mit diesen seligen Gedanken schlafe ich ein.

Am nächsten Tag weckt mich meine Mutter hastig vor dem ersten Morgengrauen. „Wir müssen weiter", sagt sie und gibt mir eine Handvoll Schnee gegen den Durst. Wir schließen uns wieder der sich hinziehenden Menschenkette an. Wenn wir Glück haben, lässt uns vielleicht jemand auf dem Pferdewagen eine Zeitlang mitfahren. Die Straßen sind nicht besonders breit, aber bei der Fülle an Menschen scheint es beinahe so. Vor uns sind Menschen, hinter uns sind Menschen, wir sind eine eigene marschierende Welt. Tatsächlich schafft es meine Mutter, dass ich auf einen der Pferdewagen aufsteigen darf. Es dauert nicht lange und die langsamen und stetigen Bewegungen schaukeln mich wieder in den Schlaf.

Plötzlich ertönt ein lauter Schrei und weckt mich abrupt auf. „Marie, Marie! Komm da runter, schnell", ruft meine Mutter, die neben dem Wagen steht und versucht, mich zu erreichen. Um uns herum bricht das totale Chaos aus, es herrscht ein Stimmengewirr und Panik liegt in der Luft. Die Leute drängen zu der rechten Seite, auf den Straßengraben zu. Auch der Kutscher ist schon längst abgestiegen und verschwunden. Für einen kurzen Moment bin ich wie betäubt und kann das Geschehen um mich herum nur betrachten. Dann gelingt es meiner Mutter, sich durch die panische Menge zu quetschen, um mich von dem Pferdewagen runterzuziehen.

Sie rennt mit mir auf den Straßengraben zu, schiebt mich und springt schließlich selbst hinein. Noch benommen, höre ich endlich, warum wir uns verstecken müssen. Ein brummendes Motorengeräusch fliegt über unsere Köpfe hinweg. Mutter drückt meinen Kopf nach unten. „Schau nicht hin, Marie! Lass den Kopf unten!"

An sie gedrängt tue ich, was sie sagt. Das tiefe Brummen wird immer lauter und die ersten Schreie ertönen. Ich presse meine Hände an die Ohren und mein Gesicht an Mutters Hals. Wir liegen mittlerweile im Graben und meine Mutter versucht, mich mit ihrem Körper abzuschirmen. Mit geschlossenen Augen blende ich alles aus und denke an mein Zuhause.

An mein Lieblingsessen, das es manchmal sonntags nach der Kirche zu essen gab. Oder an einen Stift und ein Blatt Papier und meine Großmutter, die sich über mich beugt und zeigt, wie man eine Blume malt. Ihr duftender Kuchen mit Äpfeln gedeckt. Anschließend der Sonntagnachmittag, an dem wir Tee aus Mutters gutem Teeservice tranken. Die feine Tischdecke mit Spitze war aufgedeckt und draußen fing es an zu dämmern. Ich würde gleich, wie üblich, meiner Mutter und Großmutter mit noch stockender Stimme probieren vorzulesen, um danach ins Bett geschickt zu werden.

Ein hämmerndes Klopfen an der Tür unterbricht uns. Mutter geht zur Tür, eine Stimme ertönt: „Sie kommen!" Angestrengt zwänge ich die Erinnerung zurück. Daran denke ich nicht gerne.

Nach einer schieren Endlosigkeit setzt sich meine Mutter auf und lässt ihre Augen in die Ferne schweifen. „Weg." Trotzdem bleiben wir noch in dem Graben hocken, aus Angst, einen Schritt zu machen. Was, wenn sie wiederkommen? Das Geräusch kehrt allerdings nicht zurück, also wagen wir uns langsam hervor. Die anderen sind weg. Nur schwache Fußspuren und ab und zu ein paar Reifenspuren sind zu erkennen. Sie sind ohne uns weiter. Im Nachhinein betrachtet, dachten sie bestimmt, dass auch wir den Schüssen zum Opfer gefallen waren. Letztlich machen wir uns wieder auf den Weg, diesmal jedoch nur zu dritt. Manchmal sehe ich eine Person auf dem Boden liegen, scheinbar ganz ruhig schlafend und vereinzelt mit verdrehten Beinen oder einer Blutspur neben sich. Immer wenn ich in die Richtung dieser Menschen gucke, zerrt mich Mutter weiter und befiehlt mir, auf die Straße oder auf den Wald zu achten.

Bald darauf fängt es wieder an zu schneien und verbirgt mit weißem, unschuldigem Glanz die Katastrophen. Wir gehen weiter, doch der Kälte kann man nicht davonlaufen und rasch holt sie uns ein. Eine Nacht im Freien würden wir nicht überleben. Das weiß auch meine Mutter und treibt mich an, gelegentlich den Blick furchtsam zurückwerfend. Meinen kleinen Bruder versucht sie zwischenzeitlich aufzuwecken und mit Reiben der Füße und Arme warm zu halten. Auch meine Arme und Füße werden abermals taub und meine Augen fallen mir immer mal wieder zu. Beinahe bitte ich meine Mutter um eine Pause, als wir einen kleinen Lichtkegel und die dunklen Umrisse eines Gebäudes am Straßenrand ausmachen. Erleichterung macht sich in mir breit, dass ich endlich schlafen und mit ganz viel Glück sogar etwas essen darf. Wir halten auf das Gebäude zu, das wir trotz des Näherkommens kaum erkennen können. So laut, wie es geht, klopft meine Mutter an die Tür, damit die Bewohner trotz eines tiefen Schlafes uns hören. Leises Gemurmel ist von der anderen Seite zu hören, ehe uns die Tür aufgemacht wird. Eine große Frau mit breiten Schultern und strengen Gesichtszügen öffnet uns. „Ach, noch so welche", entgegnet sie uns und starrt missmutig auf uns herab. „Bitte", erwidert Mutter, „wir haben nichts mehr zu essen oder trinken und wissen nicht, wo wir bei diesen Temperaturen übernachten können."

„Als ob irgendjemand in diesen Zeiten noch etwas zu essen hätte." Die Frau verschränkt die Arme und steht wie ein unüberwindbares Hindernis in der Tür. Zu unserem Glück fängt genau in diesem Moment mein Bruder an zu schreien, als ob er gespürt hätte, was vor sich geht. Der Blick der großen Frau fällt auf das Baby in Mutters Armen und wird prompt weicher. „Na gut, kommen Sie rein." Heilfroh folge ich meiner Mutter und dem Bruder über die Türschwelle. „Es waren schon gestern Flüchtlinge zu Besuch. Eine ganze Horde, und viele von ihnen ausgemergelt. Haben meine Vorräte ganz schön geschmälert, aber einfach draußen stehen lassen konnte ich sie dann doch nicht." Sie führt uns in die Küche, zu einem Topf voller Pellkartoffeln und gibt uns welche davon ab. Mir kommt es so vor, als hätte ich nie in meinem Leben etwas Besseres gegessen und ich nehme mir noch zwei weitere Kartoffeln. Genauso befreit wirkt meine Mutter über ein paar Bissen einer warmen Mahlzeit und heißem Wasser.

Wir legen uns zum Schlafen auf den blanken

Boden, allerdings gibt uns unsere Retterin Decken. Dicht kuschle ich mich an Mutter und drücke meine schmuddelige, doch treue Stoffpuppe an mich. Zu kaputt, gleite ich in einen traumlosen Schlaf. Bei Sonnenaufgang stehen meine Mutter und ich auf. Ich möchte eigentlich nicht weiter, wenn es nach mir ginge, könnten wir für immer hierbleiben und müssten nicht nach draußen in eine Welt voller Hunger, Eis, Schnee und Angst. Aber meine Mutter hat zu große Sorge, dass sie uns einholen könnten, und scheucht mich auf. Die Frau, die sich als Bäuerin herausstellt, gibt uns ein bisschen Wasser und altes Brot und ein paar Kartoffeln mit. Sie erklärt uns, dass wir in drei Tagen Fußmarsch an einem Bahnhof mit Zügen ankommen sollten, die Flüchtende gen Westen bringen. Sie selbst würde aber hierbleiben, den Bauernhof würde sie nach Generationen im Familienbesitz nicht aufgeben wollen. Also machen wir uns auf den Weg und folgen wieder der verschneiten Landstraße. Ich drehe mich noch mal kurz um und schaue zurück auf das kleiner werdende Bauernhaus – es sollte das letzte Mal sein, dass ich es oder seine Besitzerin gesehen habe. Was aus beiden geworden ist, habe ich bis heute nicht erfahren.

Die restlichen drei Tage verschwimmen in meinen Erinnerungen und werden zu einem Einheitsbrei. Da ist nur das bitter-scharfe Gefühl des Windes und Schnees, meine Mutter, die mich und meinen Bruder festhält, ich, wie ich bis zur Entkräftung laufe und ganz fest die Puppe umklammere. Deutlich ist nur noch das Gefühl des warmen Feuers, einer Wolldecke und einer Pritsche, auf der ich lag. Es fühlte sich himmlisch an. Nach drei Tagen haben wir es geschafft und sind in der Nähe des Bahnhofs in einem Gasthof untergekommen. Dieser quillt über vor Menschen, die alle Räume ausfüllen. Allerdings entfliehen wir so der klirrenden Kälte und Mutter kann den Bruder so vor dem Erfrieren retten. Wie sie das geschafft hat, grenzt an ein Wunder. Hierbleiben ist nichtsdestotrotz keine Lösung, denn eine sichere Bleibe haben wir noch nicht erreicht. Deshalb zieht meine Mutter los und erkundigt sich nach einem Zug, den wir nehmen könnten.

Ich sitze so lange bei den anderen Geflüchteten und einer alten Frau, die auf mich und das Baby aufpasst. Um mich herum sind vor allem Kinder, Frauen und ältere Leute. Viele von ihnen tragen nur das Nötigste bei sich und sind äußerst dünn. Nur ein paar Kinder sind munter und spielen mit Murmeln. Ob ich mich ihnen anschließen darf? Neugierig geworden schiele ich rüber und setze mich in Bewegung. Vielleicht finden sie mich nett und lassen mich mitmachen ... vielleicht könnte ich noch neue Freunde finden. Und vielleicht fahren sie sogar in dieselbe Richtung wie wir! In diesem Moment kommt meine Mutter wieder: „Wir gehen. Ich möchte gerne den nächsten Zug nehmen, der fährt gleich ab. Los, Marie, beeil dich und hol deinen Bruder.“

Enttäuscht schaue ich den Kindern zu, aber zu protestieren traue ich mich nicht. Eilig laufe ich zu der alten Frau, danke ihr und nehme meinen Bruder auf den Arm. „Komm“, meine Mutter greift meine Hand und scheucht mich gehetzt zum Bahnhof. Die Waggons sind bereits rappelvoll, trotzdem quetschen wir uns rein. Eigentlich sind die Waggons eher für Vieh als für Menschen gemacht. Kaum sind wir drin, bemerke ich plötzlich, dass etwas fehlt. Meine Puppe ist fort!

„Mutti, Mutti, meine Puppe ist weg! Wir müssen meine Puppe wiederholen!" Aufgeregt und den Tränen nahe rede ich auf Mutter ein. „Bitte, Mutti, bitte!" Haltlos fang ich an zu schluchzen, die Tränen sind jetzt nicht mehr aufzuhalten. „Das geht nicht mehr. Wir können nicht noch mal zurück. Du musst sie da lassen." Hinnehmen will ich das noch lange nicht und klammere mich an Mutters Rock fest. „Marie, du musst jetzt tapfer sein", und mit diesen Worten ertönt das Pfeifen und der Zug fährt los und ich lasse meine Puppe, mein Zuhause und meine Heimat hinter mir.

Ein Zug voller Hoffnung

Sino Behrens

Emil weinte.

Er hatte es zu verhindern versucht, doch allmählich färbten sich die Ränder seiner Augenlider unabänderlich rosigrot und ein satter nasser Film, der den Glanz seiner traurigen Augen mehrte, bildete volle Tränen, die wie Perlen über die erhitzte Haut rollten. Er biss sich auf die Lippen, schmeckte das salzige Nass und starrte mit loser Miene auf das Parkett. Der Nachhall ihrer Worte wütete lange bei marternder Stille in seinem Kopf, ja drosch auf die verletzte Seele ein: „Lebe wohl!". Ob das von nun an noch möglich war? Emil, der in Traurigkeit zu ertrinken drohte, schien es aussichtslos und tiefwirkend schmerzhaft, fortan fern von Sophie zu sein.

Doch sie hatte sich entschieden, so schwer es ihr auch gefallen war. Die letzten Wochen hatten sie mit schweren Diskussionen verbracht, die mit zunehmender beidseitiger Kräftezehrung und Verwirrung fortschreitend immer klarer abzeichneten, was nun geschehen war und wohl geschehen musste. Sein Blick fuhr über den von einigen Scherben bedeckten Boden, stieg sodann, die Fußleiste überwindend, entlang der Wand hinauf und traf alsbald auf die blutroten

Rinnsale, die sich von einem weiter oben befindlichen großen Fleck aus, zwischen Spritzern, wirr über die raue Tapete hinabschlängelten. Schmutzig und rot. So sollte also ihre Beziehung ersterben.

Emil wusste nicht mehr, wer von ihnen das mit Rotwein gefüllte Glas geworfen hatte; er wusste überhaupt kaum noch etwas, denn seine intensive Trauer mündete allmählich in einem delirierenden Wesenszustand, der Folge einer gewaltigen und damit überaus anstrengenden Gemütserregung war. Auch Sophie schien leer und ermüdet nach ihrem Mord an der gemeinsamen Liebe. Noch vor drei Wochen hatten Emil und Sophie gemeinsam einen von Glück und Unbesiegbarkeit umwobenen Abend verbracht, als sie auf dem Abiturball miteinander tanzten. Der Samt ihres Kleides bedeckte ihre feine blasse Haut, die ihm so wohltuend vertraut war, und ihr goldenes Haar krönte hochgesteckt ihr Haupt, in dessen meerblauen Augen er sich schon so oft in Wonne verloren hatte – so war es auch an diesem Abend. Mit Sophie im grünen Kleid tanzte er und empfand glückliche Liebe. Er vergaß, dass dieses feierliche Menschenmeer von Mitschülern und Eltern ausgerechnet die seinen entbehrte, denn eigentlich war sie seine wahre Familie. Sie hatten Pläne und wollten sich gemeinsam in das bunte Leben nach der Schulzeit werfen – das hatten sie einander versprochen, als sie die Luftballons draußen auf dem großen Platz vor dem Tanzsaal in die Zukunft fliegen ließen. Sie nahm seine Hand und schenkte ihm einen Kuss.

Drei Tage später hatte er jenen Brief auf ihrem

Schreibtisch gefunden. Still lag er da, als Sophie sich hinter der spanischen Wand umkleidete, und Emil dachte sich, dass die Knitter, die der papierene Bogen trug, eine gewisse Impulsivität bekunden mussten, mit der der nun danebenliegende Umschlag aufgerissen wurde. Offen lag er da, er berührte ihn ja nicht, er richtete lediglich seinen Blick auf die Worte und begann, sie zu lesen. „Arles… année sociale volontaire… Sophie Baumgart… Septembre… salutations distinguées" – sein mäßiges Französisch, das er sich in der Schule mühsam erarbeitet hatte, reichte aus, um die thematische Linie zu fassen: Sophie wird im Spätsommer nach Frankreich gehen. Verstand er recht? Hatte sie ihn wirklich verraten? Drei leidvolle Wochen lang diskutierten sie täglich, suchten Lösungen, suchten Anklagen, suchten schließlich einander. Doch es war zu spät. Am heutigen Tage wurden sie in zehrender Erschöpfung der kargsteppigen Distanz gewahr, die sich endgültig zwischen ihnen ausgebreitet hatte. Sie schwiegen lange, während Emils Blick das rote Glitzern der nicht mehr zusammenzufügenden Scherben am Boden einfasste. Er hörte, wie Sophie, die im Schneidersitz an der Wand lehnte, die Füllerspitze über ein Stück Papier fahren ließ. Sie stand auf, hielt vor ihm in sorgenvoller Haltung und streckte es ihm entgegen, woraufhin sie nüchtern, ohne seinen Blick zu suchen, sprach: „Ich habe es schon gesagt: Lebe wohl." Emil nahm den Zettel, schreckte selbst wieder zurück, als er sie küssen wollte, und rannte fort. Zum letzten Mal hörte er das wohlbekannte Geräusch, wenn die schwere Holztür ins eiserne Schloss fiel, und ärgerte sich ebenso letztmalig darüber, dieses nicht vermieden zu haben, denn er hatte sicher jemanden aufgeweckt. Doch war das nicht völlig nichtig bei seinem Leid?

Der Wind peitschte ihm entgegen, als er mit dem Fahrrad auf dem unbeleuchteten Damm entlangfuhr. Er bemühte sich, den schmalen, schummrig-dunkelgrauen Weg, der sich vom hinab zum Wasser führenden schwarzen Gras abhob, nicht zu verfehlen. Auf Menschen traf er nicht. Als er die Klappbrücke erreichte, übertönte das metallene Ruckeln der Räder auf dem Gitterboden das leise Rauschen des Kanals. Ampeln warfen zu dieser nachtschlafenden Zeit nur aus Vergnügung ihr gelbes Licht in kurzen Intervallen auf den nassspiegelnden Asphalt und Emil konnte haltlos, wie er war, ohne recht Acht zu geben, nach Hause radeln. Als er die Hausseite erreichte, brannte schon Licht in der Backstube, wie das kleine Verkaufsfenster preisgab. Als er sein Rad im Schuppen verstaut hatte, schlich er zur Hauswand und blickte durch das erleuchtete Glas. Da sah er seine Mutter, ganz in Weiß gekleidet und die Arme mit Mehl befleckt, in müde-routinierten Bewegungen den Brotteig zubereiten. Sie durfte ihn nicht bemerken. Mit größter Behutsamkeit drückte er zunächst mit der Schulter gegen den Türflügel, sodann drehte er in einem leisen Übergang den Schlüssel im Schloss und zog alsbald daran, dass sich die Tür in Stille öffnete. Dies hatte er nach und nach in den unzähligen Nächten perfektioniert, wenn er nach diesen süßen Stunden mit Sophie, ebenjene wohlig im Arm haltend, zu spätester Zeit erwachte und schleunigst nach Hause schleichen musste.

Sein heimlicher Einbruch gelang ihm beinahe lautlos und so wandelte er die Treppe hinauf, auf deren Stufen er zuweilen von der Nasenspitze tropfende Tränen hinterließ, dachte in Kummer an Sophie und ihre Worte und schlief mit bald einsetzenden Rabenträumen ein.

Am Morgen begegnete ihm seine Mutter, die inzwischen von der Backstube nach vorn zum Ladentresen übergegangen war, zunächst abweisend und Emil wähnte sich im Reinen. Er war neunzehn und die wuchtige Ohrfeige, mit der sie ihn plötzlich züchtigte, als ein Kunde soeben aus dem Geschäft getreten war, ließ ihn sich bar und unfrei fühlen. Ungeliebt. Wie seine beiden Schwestern in ihren weißen Kleidern vom Cafétisch aus grienten, als wäre dies ein Spiel! Er biss sich auf die Lippen, schmeckte das salzige Nass einer Träne und starrte mit loser Miene durch das Schaufenster. „Wo warst du wieder in der letzten Nacht? Sag es mir!", fuhr sie ihn drohend an. Durch das Schaufenster hindurch konnte er einen alten Mann auf einem Fahrrad sehen, der eine Tabakspfeife zwischen den Zähnen hielt und in der Manier einer Lokomotive vorbeizischte. Emil schwieg und vernahm in der Peripherie seiner Wahrnehmung noch einige wütende Worte, die ihm vertraut und zugleich unendlich befremdlich erschienen. Seine Schwestern setzten die Tornister auf, holten sich einen Kuss ihrer Mama ab und gingen zur Schule. Als der Ofenwecker im Hinterraum schellte und die Mutter dorthin eilte, die goldenen Gebäcke aus der Hitze zu nehmen, fügte sich dem hellen Weckerläuten ein unauffälliges Kassenklingeln bei. Emil griff resolut hinein und nahm sich seine Gerechtigkeit, die er sich satt in die Hosentaschen steckte. Er glitt die Treppe hinauf, packte etwas Kleidung in den zerfransten Rucksack und durchschritt die Hintertür nahe der Backstube.

Den blumigen Weg der Parkanlage entlangschlendernd, beschäftigte ihn noch für eine ganze Weile der platzende Klang der Tür, die er soeben für immer zufallen lassen hatte. Diese schwere Metalltür, die mit rotem Lack überzogen war, ertönte dumpfer und mächtiger als jene Tür seiner Sophie, doch brachte ihr Ton hingegen keinen Schmerz, sondern Freiheit. Am Wegesrand brach er drei blaue Gladiolen, die er, dort angelangt, am Grabe seines Vaters ablegte. Er hielt für einen Moment inne, umarmte den großen grauen Stein und verabschiedete sich von ihm. Später schritt er über die alte Klappbrücke, durch deren metallgitterigen Boden er nun am Tage die glitzernd changierenden Wogen tief unter sich sehen konnte.

Unkonturierte Lautsprecherdurchsagen. Strömende Menschenköpfe. Beschmutzter Fußbodenmarmor. Tauben im Hallengewölbe. Emil war mulmig zumute. Er kaufte sich eine Dose Bier am Kiosk und stützte sich auf einen Stehtisch. Während er trank, sah er sich die Gesichter an. Als er die Treppe zum Bahngleis hinaufgestiegen war, beobachtete er, wie einige aus dem soeben eingefahrenen Zug steigende Menschen ihre wartenden Lieben umarmten – die Koffer fallen lassend ob der heiteren Begrüßung. Er glitt mit ernster Miene an ihnen vorbei und nahm auf einer harten Sitzbank Platz. Seufzen. Emil nahm das Papierstück, das Sophie ihm beim Abschied gereicht hatte, aus der Hosentasche hervor und tat in Kummer einen schweren Atemzug. Er hatte die Augen geschlossen und zwischen den Lidern quälten sich nasse Perlen hervor, die auf diese letzte Botschaft seiner Verflossenen tropften. Er war tiefzehrend traurig. Als er seinen Blick öffnete, sah er feuchte, blaugraue Flecken auf der unbeschriebenen Seite des Papiers liegen. Sollte er ihre Worte lesen? Lange saß er dort und schwelgte in undurchsichtigen Träumen.

Emil drehte den Zettel nicht um. Er drehte sich eine Zigarette: Sophies Papier mit einem Knick versehen, ordnete er den trockenen, büscheligen Tabak in einer Linie darauf an, legte ihm einen Filter bei, strich sodann mit der Zunge einen feuchten Film und rollte alles ein. In blauer Tinte gezogene Zeichen, die er nicht weiter beachtete, umzingelten das Äußere des vanitatischen Konstruktes, das sich Emil seufzend zwischen die Lippen legte und entzündete.

Tief füllte er seine Lungen mit blauem Rauch. Eine Bahn fuhr ein und er rannte los.

Noch lange konnte man die Spur, die Emil im Gleisbett hinterlassen hatte, erblicken. Dann war die Kippe abgebrannt und auch der letzte Rauchschwall verlor sich in der Luft.

Mondpfad

Lisa Frey

Der Prinz schritt die leeren Gänge des Schlosses entlang. Sein dunkelgrüner Umhang wehte wie ein zweiter Schatten um ihn herum. Fast war er selbst nur ein Schatten, als er lautlos die edle Wendeltreppe hinunterstieg. Er ließ den Westflügel mit den Schlafgemächern hinter sich und erreichte schließlich die mannshohe Ebenholztür, welche zum Hauptteil des Schlosses führte. So leise er konnte, drückte er sie auf, zwängte sich durch den schmalen Spalt und ließ sie dann, so langsam wie es ging, wieder ins Schloss gleiten. Als er sich umdrehte, erstreckte sich vor ihm ein langer Korridor. Zu seinem Glück lag auch dieser verlassen da. Der Prinz atmete erleichtert aus. Er hatte schon damit gerechnet, doch auf irgendeine verlorene Seele zu treffen, die sein Verschwinden mitbekommen würde, aber anscheinend war ihm sein Schicksal wohlgesonnen. Der helle Marmorboden funkelte im silbernen Mondlicht, das durch die vielen hohen Fenster hereinfiel. Draußen konnte er die Dächer der Stadt überblicken und weit entfernt sah er den Leuchtturm, stolz leuchtete er in den Himmel und machte dem vollen Mond Konkurrenz.

Gedankenverloren hatte der Prinz sich an eines der Fenster gelehnt und blickte sehnsüchtig auf das kleine Leuchtfeuer am anderen Ende der Stadt. Dahinter waren nur noch Winde und Wolken. Und irgendwo dahinter lag seine Zukunft. Doch bevor er seine Reise beginnen konnte, musste er noch etwas erledigen. Er straffte die Schultern und lief mit geschmeidigen Schritten den Gang hinunter. Endlich kam er an eine mit Eisenbeschlägen versehene Tür. Auch sie war mindestens doppelt so groß wie er selbst. Ohne zu zögern, drückte er sie auf und befand sich nun im Thronsaal. Vor ihm standen zwei lange Tafeln, über denen schwere Kronleuchter hingen, und in ihrer Mitte war eine freie Fläche, auf der an Ballabenden die Menschen tanzten. Jetzt lag sie einsam vor ihm, doch es hing immer noch die Erinnerung an vergangene Feste in der Luft. Menschen in prachtvoller, bunter Garderobe, die sich zu mitreißender Musik über die Tanzfläche gleiten ließen und an den Tafeln exotische Speisen aßen. Aber der Schein trügt, dachte der Prinz. Sie lächelten nur, um die Intrigen zu verstecken, die sich wie Gift im ganzen Schloss verbreitet hatten. Kaum einer war ehrlich zu dem anderen.

Mit tiefer Entschlossenheit wandte er sich nach rechts, wo der Thron des Königs stand. Er befand sich am Kopfende des Saals, sodass der König an den Festabenden das gesamte Schauspiel vom besten Platz aus mit ansah. Der Prinz schnaubte höhnisch. Diesen Platz wollte er niemals einnehmen müssen. Zumindest nicht in diesem Schloss. Dieser Thron stand für perfide Machtspiele, ein verschwenderisches Leben und blutige, unsinnige Kriege, die nur das eigene Land vergrößern sollten. Dieser Größenwahn sorgte dafür, dass Leute das Land verlassen mussten, das sie schon seit Jahrhunderten ihr Zuhause nannten. Oder womöglich sogar ihr ganzes Leben verloren. Das sollte sein Erbe sein? Ein Reich, das zu großen Teilen sein eigenes Oberhaupt verachtete? Aus den Tiefen seiner Tasche kramte er die Krone hervor, die er zu seiner Volljährigkeit geschenkt bekommen hatte. Neben dem Thron des Königs stand ein weiterer, der für den Prinzen bestimmt war. Dort legte er die Krone ab. Dann nahm er den Siegelring von seinem Finger und legte ihn in die Mitte der Krone. Nun war er nicht mehr der Prinz. Einer seiner jüngeren Brüder würde vermutlich irgendwann die Krone bekommen und seinen Platz einnehmen. Vielleicht würde sich dann etwas ändern. Wahrscheinlich jedoch nicht. Die Machtgier in dieser Familie war endlos.

Ohne sich noch einmal umzudrehen, verließ der Prinz den Saal wieder, diesmal durch die große Tür gegenüber vom Thron. Sie war noch schwerer als die anderen beiden, aber der Prinz schaffte es, sich leise hinauszuschleichen. Ab hier patrouillierten die Wachen, er musste also wachsam bleiben. Mit flatterndem Umhang hastete er an der steinernen Wand entlang und blieb ab und zu stehen, um in die Nacht zu lauschen. Von weitem hörte er die schweren Stiefelschritte einer Wache. Er hatte den Wachwechsel abgewartet und sah den Ritter auf die große Haupttreppe zusteuern. Auf leisen Sohlen folgte er ihm. Als er sich um die Ecke lehnte und die Wache beobachtete, fiel ihm eine Strähne seiner schwarzen Locken ins Gesicht. Er strich sie sich wieder hinter das Ohr und schlich dann leise die Treppe hinunter, der Wache hinterher. Es war noch keine andere zu sehen, die ihn ablösen würde, also hatte er wohl noch etwas Zeit. Die Wache bog nach rechts in einen anderen Korridor ab, der Prinz hielt sich jedoch geradeaus und gelangte in den Gang, der zum Schlossgarten führte. Es war quasi ein großer Innenhof mit vielen Kirschbäumen, die in voller Blüte standen, und einem kleinen Teich, in dem unzählige bunte Fische schwammen. Durch die vielen Bogenfenster fiel das Mondlicht und schließlich erreichte er das Tor, das in den Garten führte.

Plötzlich vernahm er einige Korridore weiter eine dröhnende Stimme. Hastig duckte er sich hinter einen Busch. Das musste die Wache sein, die die andere ablösen würde. Dann hörte er auch eine andere Stimme und das Gespräch wurde lauter. Sie kamen näher. Warum kamen sie nun beide wieder zurück? Der Prinz wollte sich ein besseres Versteck suchen, aber als er sich ein wenig aufrichtete, merkte er, dass sich sein Umhang in den Zweigen des Busches verheddert hatte. Panisch versuchte er ihn zu entwirren, als er die beiden uniformierten Wachen am Torbogen vorbeikommen sah. Regungslos verharrte er in der unbequemen Position. Wenn sie sich jetzt nach rechts drehten, war er aufgeschmissen. Nachts den Schlaftrakt zu verlassen, war jedem strengstens untersagt, außer dem König. Nach einem missglückten Attentatsversuch auf ihn war er übervorsichtig geworden. Die Wachen liefen unbeirrt am Eingang zum Garten vorbei. Langsam verhallten ihre Schritte in der Ferne.

Der Prinz atmete erleichtert aus. Er hatte gar

nicht gemerkt, dass er die Luft angehalten hatte. Entnervt zerrte er an seinem Gewand, das sich endlich mit einem Reißen befreien ließ. Nun hatte er ein Loch im Stoff, doch das war gerade weniger wichtig. Sein Herz klopfte immer noch, als er den sandigen Pfad entlang hastete und nach ein paar Augenblicken eine unscheinbare Tür erreichte, die ihn zu einem finsteren Gang brachte. Eigentlich war das der Bereich für die Gärtner, aber es war auch eine fantastische Abkürzung, wenn man von niemandem gesehen werden wollte. Er erhaschte einen Blick auf den Mond, der bald schon wieder untergehen würde, und sprintete dann ein kurzes Stück, bis er sein erstes Ziel erreicht hatte. Er öffnete ein Fenster, schwang sich auf die schmale Fensterbank und zog das Fenster wieder hinter sich zu. Jetzt bloß nicht nach unten schauen. Seine Hände zitterten ein wenig, als er nach dem Dach tastete und genug Halt suchte, um nach oben zu gelangen. Ächzend zog er sich hoch und verschnaufte ein paar Atemzüge lang auf dem Dach. Aber er musste weiter, bevor die Sonne aufging. Also richtete er sich auf, klopfte den Dreck von seinem Umhang und balancierte auf der schmalen geraden Fläche bis zum nächsten Dachabschnitt, der etwas höher lag. Die Dachziegel klapperten leise unter seinen Schritten. Wieder zog er sich hoch und musste dann feststellen, dass direkt unter ihm eine Wache stand. Noch hatte sie ihn nicht bemerkt. Der Prinz fluchte kaum hörbar, aber zu seinem Glück wandte sich die Person unter ihm im selben Moment um und verschwand um die nächste Ecke. So schnell er konnte, sauste der Prinz über das Dach. Wenn die Wache jetzt wieder zurückkam, würde sie ihn mit Sicherheit sehen. Noch während er das dachte, tauchte ein gutes Stück unter dem Dach ein kleineres Haus auf. Dort musste er lang. Es war deutlich einfacher, über die Häuser zu klettern, als unten umher zu huschen, denn um den Eingang zum Schloss waren die meisten Wachen postiert. Er war seinen ungefähren Fluchtweg schon einmal abgelaufen und wusste, dass es einige Möglichkeiten gab, sich oberhalb des Blickfeldes anderer zu bewegen. Fragte sich nur, ob er auch leise genug war.

Flink sah er sich noch einmal um, dann sprang er mit Anlauf auf das tiefer gelegene Dach des anderen Hauses. Es war nur klein und fast direkt daneben befand sich ein weiteres, auf dem er mit einem katzengleichen Sprung landete. Jetzt war es nicht mehr weit bis zur Stadt, bis er das Schloss endgültig hinter sich lassen konnte. Der Prinz gelangte an den Rand des Daches und konnte in der Morgendämmerung die Äste einer knorrigen alten Eiche ausmachen, die etwas abseits vom Haus stand. Ab hier wurde es wieder knifflig, denn ein Ast des Baumes ragte zwar ein wenig über das Dach, doch kaum einen Steinwurf entfernt starrten zwei Wachleute in das morgendliche Zwielicht.

Nachdenklich ging er in die Knie und strich mit der Hand über die rötlichen Ziegel. Wenn er sprang, würden sie ihn vermutlich hören. Außerdem war es in dem Licht nicht sehr einfach, genau zu landen. Auf einmal hielt der Prinz ein Stück des maroden Dachziegels in der Hand, das sich wohl in seiner Hand gelöst hatte. Ohne lange zu fackeln, schmiss er es nach links in Richtung

Hof. Mit einem satten Klong prallte es an der Regenrinne des gegenüber liegenden Hauses ab.

Die Wachen unter ihm zuckten unisono zusammen und gingen daraufhin mit Hand an der Waffe gemeinsam dem Geräusch auf den Grund. Niemand bemerkte es, als ein schmaler Schatten einen Satz auf den großen Baum machte und sich krampfhaft am Stamm festklammerte, um nicht das Gleichgewicht zu verlieren und hintenüber zu kippen. Der seidige Umhang des Prinzen hing weit über dem Boden in die Luft und flatterte in der seichten Brise. Es war nicht mehr weit. Mit zwei Sätzen war er auf der äußeren Begrenzungsmauer angekommen und nach einem weiteren gewagten Sprung fand sich der Prinz auf dem ersten Haus außerhalb der Schlossgrenze wieder. Umständlich ließ er sich die Regenrinne hinuntergleiten und landete in einer Nebengasse. In einem Hauseingang saß eine lumpige Gestalt, doch sonst war niemand zu sehen. Trotzdem zog er sich vorsichtshalber die Kapuze tief in das Gesicht und hielt sich auf seinem Weg zum Hafen im Schatten der Straßenlaternen.

Der Himmel begann schon im Morgenlicht der Sonne zu glühen, als der Prinz den Leuchtturm erreichte. Daneben war ein windschnittiges Luftschiff vertäut, dessen Motoren bereits liefen. Er wurde erwartet. Elegant sprang er auf die Plattform und im nächsten Moment hob das Schiff auch schon ab. Es nahm Kurs auf die aufgehende Sonne.

Als der Prinz sich zum Schloss umdrehte, das hoch über die kleiner werdende Stadt aufragte, sah er den Mond, wie er langsam hinter der fliegenden Stadt unterging. Er würde es nicht vermissen. Er würde sich etwas Neues aufbauen und vielleicht sogar König eines neuen Reiches werden. Er würde den Menschen Frieden geben. Irgendwann. Bis dahin begnügte er sich jedoch damit, sich an den Bug des Schiffes zu stellen und vom Wind durch pusten zu lassen. Seine Locken kitzelten ihm im Gesicht und er grinste, als ihn ein Windstoß fast umriss. Irgendwann.

Interferenz

Elena Friedrich

Die Menschheit strebt nach Fortschritt, aber in Wirklichkeit wird versucht, den Status quo beizubehalten, denn dieser ist bekannt und es entsteht kein Kontrollverlust. Dies verhindert aber die Weiterentwicklung, die das Leben auf der Erde so dringend braucht und viele Chancen auf Veränderung werden vertan.

Ich spazierte entspannt im Schatten der Bäume, genoss die ruhige Abgeschiedenheit von der Zivilisation und ließ meinen Sinnen freien Lauf. Die natürlichen Geräusche wie der sanfte Wind in den Bäumen, leises Plätschern eines Baches, das Singen der Vögel sowie der betörende Duft blühender Pflanzen und die verschiedenen satten Grün- und Brauntöne der intakten Umgebung wirkten beruhigend und stimmungsaufhellend. Die warme sommerliche Brise erzeugte ein wohliges Gefühl auf meiner Haut und trug Geräusche und Gerüche mit sich.
Schräg links vor mir raschelte es im Gebüsch und ehe ich mich versah, stand ein Wesen vor mir, welches ich noch nie zuvor gesehen hatte. Kräftiger, muskulöser Körper, Schulterhöhe ungefähr 1,50 m, graue unbehaarte Haut. Vier

Gliedmaße, von der Form Armen und Beinen ähnlich, aber die Beine wiesen ein Gelenk mehr auf und die jeweils links und rechts vom Knie bis zum oberen Sprunggelenk reichenden dünnen Ausläufer lagen dicht am Unterschenkel an. Fünf Finger an beiden schmalen Händen, aber jeder der Finger schien so beweglich zu sein wie der Daumen beim Menschen. Zwar stand das Wesen auf allen vieren vor mir, aber dem Körperbau nach zu urteilen, könnte es auch auf zwei Beinen stehen und dann hätte es eine Schulterhöhe von mindestens 1,80 m. Der vom Kinn zum Scheitel oval zulaufende Kopf saß auf einem schlanken, geradlinigen Hals. Ohren waren nicht zu sehen, stattdessen hornartige, flache Strukturen, die sich in einer leichten Aufwärtsrundung zum Hinterkopf zogen. Über dem schmalen Mund saßen eine feinstrukturierte flach anliegende Nase und darüber ein großes, ovales Paar pastellgelber Augen.

In Sekundenschnelle ging ich in meinem Kopf mir alle bekannten Tierarten durch. Kein Treffer. Instinktiv nahm ich eine defensive Haltung an, indem ich meinen Körper etwas nach vorne beugte, um kleiner zu wirken, und richtete mich nicht frontal, sondern leicht abgewandt zu dem Wesen aus. Ich vermied einen starren Blick, hielt meine Augen gesenkt und wanderte in ruhigen fließenden Bewegungen über das Wesen, um mehr Informationen zu bekommen, achtete aber darauf, keinen direkten Blickkontakt herzustellen.

Das Wesen sah mindestens genau so überrascht aus wie ich. Mit geweiteten Augen, angespanntem Körper und gepresster Atmung stand es da und sah mich direkt an. Möglichst regungslos verharrte es, aber immer wieder durchfuhr ein leichtes Zittern den schlanken, muskulösen Körper. Vermutlich durch die Anspannung verursacht und die Unsicherheit dieser plötzlichen Konfrontation noch verstärkt.

Mir schien, es hatte Angst vor mir, denn es begann unruhig zu werden, und bei den nun zögerlichen, kaum merklichen Bewegungen fiel mir auf, dass es das hintere rechte Bein nicht vollständig belasten konnte. Anscheinend wusste es nicht, was es tun sollte. Kämpfen oder fliehen? Verständlich, in dem geschwächten Zustand, orientierungslos und dann auch noch auf etwas Fremdes zu stoßen. Wobei ich den Eindruck hatte, dass die Spezies Mensch ihm durchaus bekannt war. Und überhaupt, nahm ich ein stattliches Niveau von Intelligenz an ihm wahr. Höher als die eines Tieres und wenn ich mit meiner Vermutung richtig lag, sogar höher als die eines Menschen.

Verschwenderisch, zerstörerisch, überheblich, laut, schmutzig und unfassbar umständliche, ineffiziente Kommunikation und Sozialstrukturen zeichnen die Spezies Mensch aus. Daran bemessen ist es legitim, den Menschen separat der Tiere zu zählen, denn die Tiere sind das genaue Gegenteil. Perfekt an ihre Umgebung angepasst, ressourcenschonendes Handeln, keine sinnlose Zerstörung und niedlich in so gut wie allem, was sie machen, und wenn nicht niedlich, dann beeindruckend. Aber ich schweife ab.

Wir rührten uns nicht von der Stelle und waren jeder für sich, nicht sicher, was wir jetzt am besten tun sollten oder was das Gegenüber vorhaben könnte. Das Wesen sah angestrengt nachdenklich aus und suchte mit seinen von links nach rechts huschenden Blicken nach einem Fluchtweg. Liebend gerne würde ich noch mehr über dieses außergewöhnliche Wesen erfahren, aber ich wollte es natürlich nicht bedrängen oder ihm gar etwas aufzwingen. Daher versuchte ich, die Situation etwas zu beruhigen, ging zwei Schritte langsam zurück und ließ mich in einer gleichmäßigen Bewegung auf mein rechtes Knie nieder. Dabei hielt ich meine Hände immer gut sichtbar ohne hektische oder große Bewegungen ungefähr auf Hüfthöhe vor mir.

Das Wesen hatte regungslos meine Bewegungen mit Argusaugen verfolgt. Es fixierte mich mit einem stechenden, klaren Blick, dem nichts zu entgehen vermochte. Für einen Augenblick rührte sich keiner von uns. Die Situation, sogar der ganze Ort des Geschehens, war für einen Moment wie eingefroren. Dann schnellte es los. Mit einer blitzartigen Wendung nach links, setzte es zur Flucht an. Den Winkel so gewählt, dass es mich innerhalb seines peripheren Sichtfelds weiter erfasst halten konnte, um auf etwaige Aktionen meinerseits sofort reagieren zu können. Aufgrund dieser unfassbar schnellen Reaktion wich ich reflexartig zurück und hob meine Arme schützend vor mich. Es machte einen gewaltigen kraftvollen Satz vorwärts, aber dabei blieb es dann auch. Es stürzte zu Boden, stemmte sich wieder hoch, setzte zu einem erneuten Schritt an, aber das hintere rechte Bein knickte ein und es fiel wieder zu Boden. Dann blieb es schwer atmend liegen.

Erschrocken beobachtete ich die Szenerie. Als es das erste Mal stürzte, sprang ich auf, um zu helfen, hielt mich dann doch zurück, weil es sich wieder aufrichtete, und ich befürchtete, dass mein Eingreifen die Situation hätte verschlimmern können. Als es aber zum zweiten Mal zu Boden fiel und liegen blieb, näherte ich mich ruhig und zügig, darauf bedacht, nicht bedrohlich zu wirken. Ich kniete mich neben ihn und suchte es optisch nach weiteren Verletzungen ab. Nur das verletzte Bein würde solch ein robustes Wesen nicht einfach so zu Fall bringen und da entdeckte ich eine Wunde an der rechten Flanke. Das Wesen atmete stoßweise, drehte sich auf die linke Seite und lag nun flach vor mir. Die Flankenverletzung verursachte ihm sichtbare Schmerzen und „blutete" auch. Zumindest würde ich es so beschreiben. Wie Blut sah die viskose Substanz nicht aus, es war nicht rot, sondern hatte einen dunklen bläulich-grünlich schimmernden Farbton. Kein Wunder, dass ich diese Verletzung nicht sofort gesehen hatte. Auf dem dunkelgrauen Hautton des Wesens war die Substanz kaum sichtbar.

Ich nahm meinen Rucksack ab und holte das umfangreich ausgestattete Erste-Hilfe-Set raus. Das Wesen hob Kopf und Beine an, offenbar um sich zu schützen, sank aber wieder kraftlos in sich zusammen. Dieses Mal suchte ich den Blickkontakt, denn ein Räuber würde dies mit seiner Beute nicht tun. So wollte ich dem nun hilflosen Wesen zeigen, dass ich keine Bedrohung darstellte. Als dieser hergestellt war, legte ich sanft meine linke Hand auf die kräftige und leicht zitternde Schulter und strich vorsichtig darüber, während ich dem Wesen in die Augen sah, lächelte und ihm kurz zunickte. Dann wand ich mich der Wunde zu und glitt gleichzeitig langsam mit meiner linken Hand von der Schulter rüber zur Flanke. Die Haut fühlte sich kühl und rau an. Körperkontakt halten ist wichtig, damit sich das Wesen nicht durch plötzliche Berührungen unnötig erschreckte.

Nun konnte ich mir die Wunde genauer ansehen. Der glatten Wundränder und dem geraden Verlauf nach, deutete dies auf eine mechanische Einwirkung hin. Womöglich ein Unfall, denn die etwa 10 cm lange Wunde war geschätzt 4 cm tief.

Zuerst legte ich das Wundmaterial griffbereit, desinfizierte anschließend meine Hände und Behandlungsbesteck. Dann zog ich die sterilen Einmalhandschuhe an und begann die Wunde mit einem weichen Tupfer vorsichtig zu säubern, damit ich das Ausmaß der Verletzung besser beurteilen konnte. Das innere Gewebe schimmerte ockerfarben und ich erkannte drei kleine metallene Fremdkörper. Aber es sickerte immer wieder etwas von der viskosen Substanz nach, welche meine Sicht auf die Fremdkörper behinderte. Während der Untersuchung und Versorgung behielt ich die Atmung und etwaige Bewegungen des Wesens genau im Blick, um sofort auf eine Zustandsveränderung reagieren zu können. Außerdem handelte es sich um einen mir unbekannten Organismus und da ist es schwer einschätzbar, was hilft und was schadet. Bisher verlief aber alles so weit problemlos.

Ich nahm eine Klemme, spreizte die Wunde damit so weit auf, dass die Fremdkörper gut sichtbar wurden, und fixierte die Klemme. Zügig nahm ich Tupfer und Pinzette, beseitigte die Substanz und entfernte nacheinander vorsichtig die drei Fremdkörper, genau darauf bedacht, keine weiteren Verletzungen bei der Entfernung zu verursachen. Der Klang, mit dem die Fremdkörper in die kleine Metallschale fielen, bestätigte meinen Verdacht, dass es sich um etwas Metallenes handelte. Nachdem ich nochmal sorgfältig kontrolliert hatte, ob auch nichts in der Wunde verblieben ist, reinigte ich diese noch einmal, um dann mit der äußeren Versorgung weiterzumachen. Ich entschied mich gegen eine Naht am inneren und äußeren Gewebe, da ich die gesundheitliche Reaktion des Wesens darauf nicht einschätzen konnte. Bisher hatte es die ganze Prozedur überraschend ruhig über sich ergehen lassen. Das zeigte mir, wie geschwächt es war.

Als ich die Wunde verbinden wollte, fiel mir auf, dass keine Substanz mehr austrat, die Wunde trocken blieb und nicht mehr so tief war wie zu Beginn. Ich sah genauer hin und konnte tatsächlich feststellen, dass das innere Gewebe sich bereits etwas geschlossen hatte. Überrascht, aber vor allem erleichtert, atmete ich auf. Die Atmung des Wesens wechselte in gleichmäßige, ruhige Bewegungen und auch der Körper entspannte sich langsam. Meine Anspannung ließ auch endlich nach und ich begann die Wunde zu verbinden. Erst deckte ich diese mit sterilen Kompressen ab und legte dann einen großzügigen Verband um den Rumpf an. Da keine Substanz mehr austrat, war glücklicherweise kein Druckverband nötig.

Die tiefen Atemzüge zeigten an, dass das Wesen eingeschlafen war. Nach dieser Aufregung war das nur all zu verständlich. Meinem Rucksack entnahm ich eine dünne Decke und legte diese über das schlafende Wesen, damit es nicht auskühlte.

Anschließend holte ich eine Feldflasche hervor, reinigte das Behandlungsbesteck mit Wasser und desinfizierte es nach dem Abtrocknen. Das verbrauchte Material und der entstandene Verpackungsmüll landeten, mitsamt der Einmalhandschuhe, in einer Tüte, die ich in einer Seitentasche des Rucksacks verstaute.

Nachdem alles aufgeräumt war, setzte ich mich mit etwas Abstand zu meinem außergewöhnlichen Patienten auf den Boden vor einen Baum und lehnte mich mit einem Seufzer an den breiten Stamm. Jetzt konnte auch ich mich von den Strapazen der letzten Stunde erholen und trank einen großen Schluck Wasser aus meiner Feldflasche.

Während ich einen Apfel und zwei Müsliriegel verzehrte, ging ich die ganze Situation von der Begegnung an bis zum jetzigen Zeitpunkt noch einmal gedanklich im Kopf durch. Erst jetzt fiel mir auf, dass zwischen dem Wesen und mir noch keinerlei verbale Kommunikation stattgefunden hatte. Weder hatte ich etwas gesagt, noch hatte das Wesen eine Lautäußerung von sich gegeben. Bisher lief alles nur über nonverbale Kommunikation, also, Körpersprache, Mimik und Blicke. Interessant, dass wir uns auch ohne Worte beziehungsweise ohne Töne verstanden haben, und ich lobte mich innerlich selbst für meine kompetente Kontaktaufnahme. Wie man sieht, braucht nicht alles Worte, manchmal reicht auch die ursprünglichste Art der Kommunikation aus.

Mit einem zufriedenen Schmunzeln wendete ich den Blick zum ruhig schlafenden Wesen. Meine Gedanken kreisten um die optischen Merkmale, die mir aufgefallen waren, und egal, wie ich es drehte und wendete, ich kam immer wieder zu demselben Schluss, dass es kein Wesen war, das von der Erde stammen konnte. Meinen anfänglichen Eindruck bestätigend, scheint dem Wesen die Spezies Mensch bekannt zu sein, aber es schien bisher keinen direkten Kontakt gegeben zu haben. Wundern tat mich das nicht, im Hinblick auf die ganze Gewalt, Zerstörung und Ignoranz der Menschheit. Da würde ich mich an seiner Stelle auch fernhalten. Was ich, aufgrund meiner Andersartigkeit, schon mehr oder weniger gezwungenermaßen tat. Bei dem Gedanken runzelte ich die Stirn und schüttelte den Kopf. Wo das noch alles hinführen würde?

Es dämmerte schon, als das Wesen sich zu regen begann. Ich erhob mich und ging langsam zu ihm hinüber. Dabei sprach ich es leise an, vielleicht verstand es mich und wir könnten unsere Kommunikation effizienter gestalten. Das Wesen hob noch etwas benommen den Kopf und drehte diesen in meine Richtung. Kurz hielt es inne, um sich zu sammeln, und sah mich dann mit einem hellwachen Blick an. Es richtete sich auf, ließ mich aber für keine Sekunde aus den Augen. Während ich sprach und meine Hände zu Hilfe nahm, war deutlich zu erkennen, dass es dem, was ich tat, aufmerksam folgte und auch zuhörte. Es schien mich zu verstehen. Bedrohlich war ich wohl nicht mehr, aber das lag wahrscheinlich eher daran, dass sich der Gesundheitszustand deutlich verbessert hatte und es mir nun kräftemäßig klar überlegen war. Bedenken oder Angst hatte ich nicht, weil meine Neugierde zu groß und ich davon überzeugt war, dass es meine Hilfe richtig verstand. Bisher kam von dem Wesen keine Antwort, daher redete ich einfach weiter, da es keine Einwände zu haben schien. Nach ein paar Minuten meines Monologs stand es auf und ging erst vorsichtig ein paar Schritte, um die Einschränkungen durch die Verletzungen zu begutachten. Die Wunde machte keine Probleme mehr und auch das hintere Bein war wieder vollständig belastbar. Nun umkreiste es mich, unseren Lagerplatz und sah sich dabei mit einem beeindruckend scharfen analytischen Blick um. Währenddessen erzählte ich einiges über die Pflanzen hier und die Umgebung. Es schien aufmerksam zuzuhören.

Zwischenzeitlich holte ich alles Ess- und Trinkbare aus meinem Rucksack und bot es dem Wesen an, aber nichts davon traf wohl seinen Geschmack. Dann blieb es stehen, sah mich an und ich verstand sofort, dass es zum Aufbruch bereit war. Erfreut darüber, einen Wandergefährten der besonderen Art zu haben, nahm ich meinen Rucksack und stellte mich neben das Wesen. Wir sahen uns kurz an und machten uns dann auf den Weg. Die meiste Zeit erzählte ich dem stets aufmerksamen Wesen alles Mögliche, was ich über Flora, Fauna und Gestein wusste. Normalerweise bin ich nicht sonderlich gesprächig, aber jetzt sprudelten die Worte nur so aus mir heraus. Es war mittlerweile eine entspannte und angenehme Atmosphäre und wir beide schienen uns nicht mehr an der Gesellschaft des anderen zu stören. Ein wunderbares Gefühl war das.

Während wir gemütlich in Richtung Höhle, die ich als Nachtlager auserkoren hatte, schlenderten, hoben wir fast gleichzeitig ruckartig den Kopf mit Blickrichtung nach rechts. Wir sahen beide die Silhouette einer Gestalt, die sich schnell von uns wegbewegte. Ich erschauderte. Jemand musste uns gesehen haben. Ich war unaufmerksam gewesen und dadurch brachte ich nun uns, aber insbesondere das Wesen, in Gefahr. Das Wesen neben mir scannte mit seinem scharfen Blick die Umgebung ab. Wir mussten hier weg und zwar schnell. Wir rannten los und versuchten, so viel Distanz wie möglich zu bekommen. Da das Wesen im Dämmerlicht besser sehen konnte als ich, übernahm es die Führung. Ich hoffte, dass die Gestalt das Wesen nicht genau gesehen hatte, sonst würde es in höchster Gefahr schweben. Es war sehr viel schneller als ich, aber dennoch blieb es an meiner Seite und passte sich meinem Tempo an.

Da ich sehr sportlich war, kamen wir gut voran, aber schon bald hörten wir Motorengeräusche und durcheinanderrufende Stimmen hinter uns. Diese Leute kannten sich in der Gegend offensichtlich bestens aus und holten stetig zu uns auf. Plötzlich ertönte ein lauter Knall und dann noch einer. Ich konnte es kaum fassen, dass auf uns geschossen wurde. Wir hatten doch gar nichts getan. Für Panik war jetzt keine Zeit, ich rannte weiter, dem Wesen folgend, so schnell ich konnte, aber meine Lunge begann zu schmerzen. Wir hatten einen Vorsprung, doch dann sah ich links aus dem Augenwinkel ein Quad vorpreschen.

Zwei Personen saßen darauf, einer fuhr und

der andere hielt ein Gewehr im Anschlag. Mit Entsetzen sah ich, wie der hintere Mann das Gewehr anlegte und auf das Wesen vor mir zielte. Ein Schuss fiel und die Kugel schlug knapp neben dem Wesen ein, welches einen blitzschnellen Haken machte, um dem tödlichen Geschoss zu entgehen. Sie hatten uns fast eingeholt, ich war einfach zu langsam und meine Kräfte schwanden mit jedem weiteren Meter. Wieder legte der Mann das Gewehr an und dieses Mal würde die Kugel ihr Ziel nicht verfehlen, denn auch das Wesen war langsamer geworden, damit ich Schritt halten konnte. Nein, das durfte nicht sein, das Wesen durfte nicht gefangen oder getötet werden, ich musste etwas tun. Das Quad beschleunigte noch einmal. Ich nahm alle meine Kräfte zusammen, sprintete vorwärts und erreichte das Wesen gleichzeitig, als sich der Schuss mit einem lauten Knall aus dem Gewehr löste. Ein brutaler Schmerz durchfuhr mich und ich stürzte zu Boden. Alle Geräusche um mich herum nahm ich nur noch dumpf wahr.

Als ich den Kopf hob, sah ich, wie das Wesen die Richtung geändert hatte und auf mich zulief. Mit letzter Kraft rief ich dem Wesen entgegen, dass es weglaufen solle. Weit weg. Ich bildete mir ein, dass es mich ansah und nachdachte, bevor es anschließend mit kräftigen Sätzen und einer unfassbaren Geschwindigkeit verschwand. Die Jagd-Meute verfolgte laut brüllend und schreiend weiter das Wesen, welches sie aber sicherlich nicht mehr einholten, da es nun seine Fähigkeiten frei nutzen konnte. Mich ließen die Jäger unbeachtet liegen und schon nach kurzer Zeit waren ihre Geräusche nicht mehr zu hören.

Ich versuchte mich zu bewegen, aber sofort durchzuckten mich stechende, brennende Schmerzen. Die Kugel hatte mich in den Rücken getroffen und verursachte eine starke Blutung. Durch den Sturz hatte ich mir weitere Verletzungen zugezogen. Mit jedem Atemzug wurde das Atmen schwerer.

Die Schmerzen wurden dumpf, mein Körper fühlte sich kalt an. Ich nahm alles nur noch wie durch einen Schleier wahr und dann legte sich eine tiefe Stille über mich. Ich spürte, wie mein Körper bewegt wurde. Als ich meine Augen öffnete, sah ich zwei verschwommene Umrisse. Mich überkam ein Gefühl der Geborgenheit. Dann wurde es wieder dunkel.

Mit einem tiefen Atemzug erwachte ich in meinem Bett. Verschlafen rieb ich meine Augen und streckte mich. Etwas durcheinander lag ich noch einige Minuten unter der warmen weichen Decke. Keine Schmerzen, keine Verletzungen. War es nur ein Traum gewesen, fragte ich mich und drehte den Kopf zur Seite, wo mein Blick an einem kleinen weißlich glänzenden Kubus auf dem Nachttisch hängen blieb. Ich schnellte hoch, es war doch kein Traum gewesen, und griff nach dem Kubus. Er glich einem dieser Zauberwürfel und war auch genauso verstellbar. Beim genaueren Betrachten erkannte ich feine Einschlüsse in den Kästchen, welche durch Verstellen der Flächen unterschiedliche Muster ergaben. Ich probierte eines der Muster aus und auf dem Kubus erschien eine seltsam fremdartige Landschaft. Ich drehte die Flächen des Kubus weiter. Jedes Muster zeigte ein anderes Motiv.

Dieses Abenteuer hatte wirklich stattgefunden,

was bedeutet, dass ich tatsächlich einem Außerirdischen geholfen habe, verletzt wurde und dann von eben diesen gerettet wurde. Der Kubus war der Beweis dafür und meiner Einschätzung nach beherbergt dieser Hinweise, die es zu entschlüsseln gilt. Kein Problem für meinen überdurchschnittlich hohen IQ. Ob das Wesen und ich uns wiedersehen werden? Ich bin fest davon überzeugt.

Die Freiheit trägt ein Federkleid

Anne Grätsch

„Mach` nicht mehr zu lang!" Die Worte meines Vorgesetzten hallen in meinem schmerzenden Kopf wider. Mit von der langen Computerarbeit brennenden Augen blicke ich auf die Ziffern der digitalen Uhr in der rechten unteren Ecke des Bildschirms. Sie spielen Fangen miteinander. Vielleicht tanzen sie auch irgendeinen indianischen Fruchtbarkeitstanz, bei dem derjenige die schöne Indianerfrau bekommt, der die meisten Purzelbäume schlägt.

Ich kneife die Augen zusammen. Lichtblitze zucken in der Dunkelheit hinter meinen geschlossenen Lidern. Tief atme ich durch. Zähle in Gedanken von eins bis zehn. Dann noch einmal runter von zehn bis eins. Dann öffne ich sie wieder. Die wilden Eskapaden der Ziffern haben ein Ende gefunden. Zwar verschwommen, doch ohne Zweifel ob ihrer Richtigkeit, lese ich die Uhrzeit ab. Es ist 17:13h. Es sind also mehr als drei Stunden vergangen, seit mein Chef den Kopf zur Bürotür hereingesteckt und mir und meiner Familie ein frohes Weihnachtsfest gewünscht hat.

„Erhol' dich gut. Und mach' das Licht aus, bevor du gehst! Du bist der Letzte."

Erschöpft lehne ich mich in meinem bequemen

Schreibtischstuhl aus schwarzem Leder zurück und blicke auf den letzten Teilabschnitt des von mir verfassten Gutachtens. Noch drei, vier kleine Korrekturen, dann ist die Arbeit geschafft. Doch es gelingt mir nicht, auch nur einen klaren Gedanken zu fassen. Mein Gehirn scheint sich zu einer einzigen, undefinierbaren, wabernden Masse verdichtet zu haben. Ich lese die letzten geschriebenen Zeilen. Doch der Inhalt der Sätze ist plötzlich bar jeden Sinns. Irgendjemand hat da oben in meinem Kopf das Licht ausgeschaltet. Die Drähte gekappt. Einen Kurzschluss verursacht. Ich kann es drehen und wenden, wie ich will: Meine Konzentration ist dahin. Ich bin müde. Fühle mich leer. Wie ausgelaugt.

Mit den Handflächen reibe ich über mein Gesicht. Dann klopfe ich mit den Fingerkuppen auf meine Wangen. Als das nicht hilft, nehme ich die ganze Hand. Doch meine Lebensgeister scheinen sich im Winterschlaf zu befinden. Vielleicht haben sie sich auch mit all den von mir ungebackenen Stutenkerlen und den ungebauten Schneemännern abgesetzt und reiten auf den Honigkuchenpferden, die meine Frau unter den neugierigen Blicken unseres kleinen Sohnes hergestellt - und die eigentlich ich mit weißem Zuckerguss hätte bemalen sollen - am Strand von São Tomé um die Wette.

Am liebsten würde ich mich hier im Büro einfach auf den Boden legen. Würde mich vor der warmen Heizung ausstrecken und in Sekundenschnelle in einen tiefen, traumlosen Schlaf fallen und am besten nie wieder... Ich verbiete mir, den Gedanken zu Ende zu denken. Stattdessen bleibe ich reglos sitzen, um plötzlich erschrocken zusammenzufahren, als die Kirchturmuhr zu schlagen beginnt. Mit dem rechten Fuß, den ich zusammen mit dem linken auf den Schreibtisch gelegt habe, knalle ich unkontrolliert gegen das Gehäuse des Flachbildschirms. 18h. Stöhnend rappele ich mich hoch. Ein energieraubender Kraftakt.

Ich fahre den Computer herunter. Ziehe den schwarzen Wollmantel an. Greife nach meinem Aktenkoffer. Lösche das Licht. Steige die unendlich vielen Treppenstufen aus dem ersten Stock ins Erdgeschoss hinab. Trete nach draußen und verschließe die Tür zur Kanzlei. Dann tue ich den ersten Schritt hinein in das frühabendliche, letzte Getümmel kurz vor Heiligabend.

Schwerfällig schleppe ich mich durch eine zentimeterdicke Schneeschicht. Bei jedem Schritt schlägt die viel zu schwere Aktentasche in wiederkehrendem Rhythmus gegen mein rechtes Knie: Egal. Schritt. Unwichtig. Schritt. Bedeutungslos. Schritt. Langsam strebe ich heimwärts. Heim zu Frau und Kind. Heim zu Rindsroulade, Rotkohl und Knödeln. Zu Kerzenschein und Weihnachtsmusik. Zu Tannenduft und Lichterglanz. Zu vor Aufregung strahlenden Augen und zappelnden Kinderfüßen.

Die Vorfreude aber, sie bleibt aus.

Wohin ist nur mein ausgelassenes Lachen?

Wohin ist meine Heiterkeit?

Ich gebe mir selbst die Antwort darauf: unter Aktenbergen begraben. Zertrampelt von hektischen Mitarbeiterfüßen. Vom Computermonster aufgesaugt. Sein Magen ein Friedhof meines Ichs. Meines Elans. Meiner Lebensfreude. Meiner Herzlichkeit. Irgendwo auf dem Weg zwischen Büro und Zuhause, zwischen der rhythmisch klappernden Tastatur des Computers und inmitten von sich aneinanderreihenden, getippten Wortketten bin ich mir selbst abhandengekommen. Habe ich mich, umgeben von hetzenden, auf ihr Smartphone starrenden Menschen-Zombies, verloren. Bin zu einem von ihnen geworden. Eine auf Automatismus eingestellte, funktionierende, desillusionierte Hülle.

Irgendwann stehe ich vor der verschlossenen Haustür. Irgendwann bin ich am Ziel: daheim. Mit größter Willensstärke krame ich den Schlüssel aus meiner Manteltasche hervor. Kaum gelingt es mir, ihn mit meinen zitternden Händen ins Schlüsselloch zu stecken. Seine Drehung raubt mir die letzte, verbliebene Kraft. Aber dann: Klack. Die Tür springt auf. Und ich trete ein.

„Wenn der Papa heute Nachmittag nach Hause kommt, dann kommt er aus dem Staunen nicht mehr heraus. Wir zwei, wir machen es weihnachtsfein." Die Worte meiner Frau heute Vormittag. An der Tür stehend, mit unserem Sohn auf dem Arm. Seine Antwort ein Blick aus großen, runden Augen. Ein vergnügtes Quietschen aus seinem Mund. Mit seiner kleinen Hand greift er in ihr dichtes, dunkles Haar. „Komm` nicht so spät, hörst du!? Wir warten auf dich." Sie lächelt. Dann macht sie die Tür hinter mir zu. In mir ein Vakuum, das mich frieren lässt.

Wie spät mag es sein? Halb sieben vorbei? Ich weiß es nicht. Und es ist mir auch egal. Ebenso egal ist mir, dass die nach oben offene Diele in weihnachtlichem Glanz erstrahlt. Dass auf jeder Stufe der Treppe, die das obere mit dem unteren Stockwerk verbindet, eine rote Kerze in einem Einweckglas warmes Licht verbreitet. Dass die um das helle Holz des Treppengeländers geschlungene Tannengirlande den Duft des Waldes verströmt. Und dass aus dem oberen Stockwerk fröhliches Gelächter zu mir herunter dringt. Egal ist mir, dass leise Weihnachtsmusik aus dem Radio schallt. Egal ist, dass es das erste Weihnachtsfest in unserem eigenen Heim ist. Egal. Egal. Egal.

Das Einzige, was mir nicht egal ist, ist: Ich will nicht, dass mir alles egal ist! Denn dieses EGAL: Es schmerzt wie Idgies Schrei von der Eisenbahnbrücke, als Buddy in „Grüne Tomaten" vom Zug erfasst wird. Es brennt wie Phils Schmerz in „Die Mitte der Welt", als er mit ansehen muss, wie sein Freund Nicholas ihn mit seiner besten Freundin Kat betrügt. Es verleiht eine Melancholie so wie sie aus dem Blick des „Mädchens mit dem Perlenohrgehänge" auf einem Gemälde Jan Vermeers spricht. Und lässt mich wütend wie der Inhalt von Michael Jacksons „Earth Song" zurück.

Mit einem dumpfen Plopp landet der schwere Aktenkoffer auf den geölten Bodenbrettern aus Eichenholz, als ich in einer verzweifelten Geste mit beiden Händen meine Ohren verschließe und zeitgleich die Augen fest zusammenkneife. Ich kann hier nicht bleiben. Kann nicht ertragen, dass all das Schöne um mich herum, dass all die Liebe, die darin steckt, an mir abprallt wie ein scharf geschossener Pfeil an einer Scheibe aus Panzerglas.

Irgendwie schaffe ich es zurück zur Tür. Irgendwie gelingt es mir, sie zu öffnen und ins Freie zu treten. Die in warmes Licht getauchten

Fensteröffnungen hinter mir lassend, laufe ich los. Außer mir ist keine Menschenseele unterwegs. Die wie leer gefegten Straßen: Sie bilden einen krassen Gegensatz zu dem, was in mir ist. Denn in mir drin tobt ein Sturm. Und dieser Sturm ist laut. Er ist Chaos. Er brüllt. Und er bleibt keineswegs da, wo er hergekommen ist: in den Tiefen meiner selbst. Dieser Sturm, er hat zu lange gewartet, als dass er sich noch davon abhalten ließe, sich Raum zu verschaffen. Und er schlägt mit voller Wucht zu. Seine Kraft wirkt wie ein Katapult, das mich nach vorne schleudert. Und als er sich in meinem Körper ausdehnt, sich an meiner Kehle vorbei nach oben windet, meine Lippen öffnet und sich in einem gewaltigen Schrei hinaus in die Außenwelt kämpft, renne ich blindlings los.

Die Farben der Häuser entlang der Straßen verwischen zu einem faden Einheitsbrei. Ihre Lampen bilden verschwommen ineinander übergehende Lichtstreifen, als ich ziellos an ihnen vorbeihetze. Irgendwann lasse ich sie hinter mir, die Lichter der Stadt. Siedlungen werden zu Feldern. Felder zu einem Wald. Ich bin allein. Mutterseelenallein.

Nur der Mond beobachtet mein Treiben.

Nur der Mond ist Zeuge der Szenerie.

Hell und leuchtend steht er am Himmel. Leuchtend hell weist er mir den Weg.

Und plötzlich sind sie da. Die Geister meines Lebens. Von allen Seiten kommen sie auf mich zu. Sie bedrängen mich. Sie engen mich ein. Ihre Anwesenheit schnürt mir die Kehle zu. Durchscheinend milchig-weiße Gestalten wabern wie Nebelschwaden um mich herum. Mit ihren langen, kalten, elastischen Armen greifen sie nach mir, wollen mich zu Fall bringen. Verzweifelt weiche ich ihnen aus. Beschleunige. Will ihre bedrohlichen Stimmen nicht hören. Will ihren eiskalten Atem nicht spüren. Will ihre grotesk biegsamen Körper nicht sehen. Stattdessen will ich sie zurück in der Versenkung wissen. Will sie wieder da einschließen, wo sie hergekommen sind: tief in mir drin. Doch gegen ihre Hartnäckigkeit bin ich ohne Chance. Gegen ihre bösen Zungen bin ich ohne Macht. Und so reißen sie mir den Boden unter den Füßen fort. Ich strauchele. Verliere den Halt. Kann mich kurz fangen. Dann der Sturz in den Schnee. Mit dem Gesicht voran. Gescheitert. Besiegt. Geschlagen. Meine Gedanken rasen, mein Herz hämmert, mein Blut pulsiert. Ich ringe nach Atem, doch kaum ein Sauerstoffmolekül schafft den Weg in meine gierig nach Luft lechzende Lunge hinein. Wo nur kann ich Ruhe finden? Wie wird meine Seele frei?

Die Zeit vergeht. Dann, irgendwann, blicke ich auf. Die nebulösen Gestalten sind verschwunden. Doch ihre Stimmen bleiben. Sie säuseln. Sie tadeln. Sie schuldigen an. Ihre Worte machen mir Angst:

„Versager!"

„Du lässt deine Familie im Stich."

„Und wer bezahlt die Raten?"

„Dein Sohn wächst mit einem Schatten seines Vaters auf."

„Wie tief du gefallen bist."

Mühsam und beschämt rappele ich mich auf. Komme schwankend auf meine Beine zurück. Hebe meinen Blick ... und zucke vor Schreck zusammen. Eine eisige Kälte macht sich in mir breit. Eine hämisch grinsende Fratze, direkt vor meinem Gesicht. Eins der Geister ist zurück. Dieses Phantom meines entgleisten Lebens gibt nicht auf.

In kopfloser Panik stürme ich davon. Immer weiter in den Wald hinein. Mein gespenstischer Verfolger nah an mir dran. Ausdauernd, penetrant schwebt er um mich herum, zingelt mich ein. Immer weiter geht die Jagd.

Und dann, ganz plötzlich, wird mir alles klar. In dem Moment, als der Abgrund in der Ferne sichtbar wird, erkenne ich meinen Weg.

„Tu es, dann bist du all deine Sorgen los!" Doch das Raunen der nebulösen Gestalt brauche ich nicht mehr. Begleitet von dem Gedanken, der Erlösung ganz nah zu sein, werden meine Schritte federnd leicht. In flüssigem Rhythmus kommen meine Füße auf dem mit Schnee bedeckten Waldboden auf. Jeder Schritt trägt mich näher an mein Ziel. Und dann ist er da: der Rand der Schlucht. Ein letztes Mal berührt mein Fuß den Waldesboden. Ein letztes Mal findet er sicheren Halt. Dann gleite ich ins Nichts hinein. Ein Moment der Schwerelosigkeit. Dann beginne ich zu fallen. Das Phantom lasse ich weit über mir zurück.

„Papa! Papa wach` auf, es hat geschneit."

„Unser Kleiner hier darf die erste Adventskerze aussuchen, die heute angezündet wird."

„Und du" - liebevoll streicht mir meine Mutter übers Haar - „bekommst das größte Stück vom Kuchen. Weil du heute Geburtstag hast."

„Ich bin alt genug, selbst zu entscheiden, wo und mit wem ich meine Nächte verbringe."

„Du verlässt mich tatsächlich wegen dieses Versagers aus der zwölften Klasse?"

„Übrigens, wir ziehen in die Berge. Und wir bauen ein Haus. Und noch etwas: Bald sind wir zu dritt."

Bilder, Szenen und Sequenzen tauchen vor meinem inneren Auge auf. Meine Vergangenheit begleitet meinen letzten Weg. Kindheit. Jugend. Junges Erwachsensein: Je weiter meine Lebensjahre in meinen Gedanken voranschreiten, desto mehr scheint sich mein Fallen zu entschleunigen. Ich fühle mich so leicht, wie schon lange nicht mehr. So leicht, wie ich mich vielleicht niemals zuvor gefühlt habe. Ein Gefühl dem Schweben gleich. Ich öffne meine Augen in dieses Gefühl hinein … und blicke aus großer Höhe auf ein irrsinnig schönes Areal hinab.

Die Schneelandschaft, die sich dort unten in unendlich scheinender Weite erstreckt, ist ein einziges Funkeln, in dem sich die Sonne in jedem Schneekristall bricht. Von vereinzelt stehenden Bäumen hängen dicke Zapfen aus Eis. Eiszapfen in regenbogenfarbenem Glanz. Es glitzert. Es leuchtet. Es strahlt zu mir herauf. Und jeden Funken, jedes Leuchten, jeden Lichtstrahl nehme ich tief in mich auf. Zusammen bündele ich sie in meinem Herzen und schicke sie voll Dankbarkeit in jeden Zentimeter meines Körpers hinein.

Ihre Reinheit bringt mir inneren Frieden.

Ihre Kräfte wirken heilsam auf mich.

Lange Zeit lässt meine Verzauberung keinen rationalen Gedanken zu. Lange Zeit gebe ich mich einfach nur dem Fühlen hin. Dann erst dringt die Verwandlung meines Fallens in eine Vorwärtsbewegung in mein Bewusstsein ein. Dann erst nehme ich den weit unter mir dahin jagenden Schatten wahr. Ein sich fortwährend fortbewegendes Bild im Schnee. Das Bild eines Corpus mit ausgebreiteten Flügeln daran. Irgendwie fühle ich mich mit ihm verbunden. Irgendetwas lässt mich einen sicheren Faden zwischen uns spüren.

„Wer bist du?", frage ich leise meinen Begleiter.

„Wer bist du?", flüstere ich leise in den Wind.

Und dann durchbricht zum zweiten Mal an diesem Abend ein gellender Schrei die Stille der Nacht:

Es ist der Schrei des Verstehens, der aus meinem Vogelkörper hervorbricht.

Es ist der Ruf der Freiheit, der mir Antwort gibt.

Sein Echo hallt von den Bergwänden wider. Lächelnd setzt er sich auf jeden Ast. Er lässt sich auf den Schwingen des Windes nieder, der ihn davonträgt in jede Stadt ... und bis in den hintersten Winkel der Welt.

Weit breite ich meine Flügel aus und lasse, getragen vom anhaltenden Echo, die verschneite Landschaft hinter mir und fliege zurück nach Hause.

Nachdem ich die Türklingel betätigt habe, höre ich Schritte im Flur.

„Pst! Der Kleine schläft schon." Meine Frau öffnet die Tür.

„Alles in Ordnung? Du kommst spät." Mein Lächeln scheint ihr Antwort genug. „Los jetzt! Zuerst die Bescherung. Das Essen kann warten", sagt sie, ergreift meine Hand und zieht mich durch die Diele ins Wohnzimmer hinein. Noch immer erstrahlt die Diele in weihnachtlichem Glanz. Noch immer verbreiten die Kerzen ihr warmes Licht. Noch immer verströmt die Tannengirlande ihren Waldesduft. Es ist alles wie vorhin. Und doch ist alles anders. Weil ich ein Anderer geworden bin.

Das Glöckchen bimmelt, das meine Frau plötzlich in ihren Händen hält. „Fröhliche Weihnacht und: Ich liebe dich!"

Gemeinsam stehen wir vor dem geschmückten Tannenbaum. „Für wen ist das Paket?", frage ich und deute auf einen aufrecht stehenden, in festes Papier gewickelten Karton.

„Für dich. Mach es auf! Es kommt von weit her." Als ich mich ihm nähere, regt sich etwas in mir. Ich sehe auf den Poststempel: Tibet. Meine langjährige Freundin Ella ist vor einigen Jahren in das „Heilige Land" aufgebrochen und bis heute nicht zurückgekehrt: „Wenn du deine Seele erst einmal an Land und Leute verloren hast, dann kannst du gar nicht anders. Du bleibst."

Vor dem Geschenk gehe ich in die Hocke. Mit aufgeregten Händen löse ich vorsichtig das Papier. Mit ein wenig Geschick lässt sich der Deckel der zum Vorschein kommenden Holzkiste leicht öffnen. Behutsam greife ich mit beiden Händen in ihr Inneres hinein und hole die sich darin befindende Buddha-Statue heraus. In entspannter Haltung, mit geschlossenen Augen, sitzt er da, der Buddha. Die eine Hand liegt entspannt auf seinem Bauch. Die andere ruht, mit geöffneter Handfläche nach oben, locker auf einem seiner Knie. «In sich ruhend», denke ich mir. «Bei sich angekommen», flüstert es leise. Und doch offen für alles um ihn herum. Für das, was war. Für das, was ist. Und für das, was da noch kommen mag. Das Gefühl kenne ich. Durfte es heute kennenlernen. In dieser Heiligen Nacht. Und ich will, dass es bleibt. Oder dass ich mich in schwierigen Zeiten daran erinnern kann. Klar ist: Ich muss hier weg. Jedenfalls für eine Weile. Raus aus dem Chaos und den Anforderungen, die der Alltag an mich stellt. Ich möchte die Flügel ausbreiten und mich treiben lassen. In unbekanntes Gefilde aufbrechen. Im besten Fall begegne ich mir dabei selbst.

Mit neu gewonnener Zuversicht drehe ich mich zu meiner Frau um: „Ich werde nach Tibet reisen. Ich brauche eine Auszeit." Aus ihrem Blick spricht Erleichterung, als sie auf mich zukommt und mich fest in ihre Arme nimmt.

Als wir uns wieder voneinander lösen, sieht sie mir liebevoll ins Gesicht. Dann wandert ihr Blick ein Stück weit höher, bis er verharrt. Sie lächelt. Dann stellt sie sich auf ihre Zehenspitzen, spitzt die Lippen und pustet sacht über mein Haar. Als sie zurück auf ihre Fußflächen kommt, läuft sie um mich herum auf meine andere Seite. Gespannt verfolge ich mit meinen Augen, wie sie sich bückt und nach etwas greift. Als sie sich wieder aufrichtet, hält sie etwas zwischen Daumen und Zeigefinger ihrer linken Hand. Behutsam erfasst sie meine Rechte und ganz sacht legt sie etwas Weiches, Hellbraun-Weißes in meine geöffnete Handfläche hinein. „Hier. Für dich. Eine Feder hatte sich in deinem Haar verfangen."

Leben

Johanna Kania

In dem Moment, als sie die Augen aufschlug und das Licht sie für den Hauch eines Augenblicks blendete, begriff sie, dass ihr etwas Wichtiges fehlte. Sie dachte in aller Ruhe darüber nach, was es wohl sein könnte, während sie die Laubbäume mit ihren dichten Baumkronen um sich herum betrachtete. Sie wuchsen um die kleine Lichtung herum, auf der sie stand, als wollten sie gleichmäßig von ihr Abstand halten. Ihre Blätter wiegten sich sanft im Wind und das Gras ahmte es ihnen nach. Doch egal, wie sehr sie sich auch anstrengte, sie kam nicht darauf, was der fehlende Teil war.

Als hätte sie geahnt, dass die Lichtung nicht kreisrund war, drehte sie sich um und betrachtete den gewaltigen Berg, der sich hinter ihr erstreckte und in die Freifläche hineinschob. Sein grasbewachsener Hang war so steil, dass sie keinen Meter daran hätte hinaufklettern können. Es grenzte an ein Wunder, dass die unzähligen Bäume darauf Halt fanden und nicht mitsamt der Erde herunterrutschten. Doch noch verwunderlicher fand sie den Tunnel, dessen Eingang von einem dunkelgrauen Steinbogen geziert war. Wie weit er in die Tiefe führte, konnte sie nicht erkennen, denn schon nach wenigen Metern herrschte im Inneren völlige Schwärze, als schlucke der Tunnel jegliches Licht der Außenwelt und alles, was mit ihm hereinkam.

Seltsam, sie erinnerte sich gar nicht, dass sie dort hindurchgekommen war, und doch befand er sich als einziger offensichtlicher Weg hinter ihr. Eigentlich stellte sie nun fest, erinnerte sie sich an gar nichts mehr. Warum war sie hier? Wie war sie hierhergekommen? Und noch viel wichtiger: Wer war sie? In ihrem Kopf herrschte gähnende Leere. Doch obwohl sie augenscheinlich ihre Erinnerungen verloren hatte, konnte dies nicht ihre tiefe Gelassenheit erschüttern, die in ihr herrschte. Seltsam, wirklich überaus seltsam.

Sie blickte wieder nach vorn. Warum auch immer sie hergekommen war, hier wollte sie nicht bleiben. Der Tunnel jagte ihr auf unerklärliche Weise Angst ein. Also nahm sie die Beine in die Hand und ging geradewegs auf den Wald zu; in die zum Tunnel entgegengesetzte Richtung.

Wie sie vermutet hatte, war der Wald sehr dicht. Er war sogar so dicht, dass sie sich wunderte, wie die Nadelbäume überhaupt genug Wasser aufnehmen konnten, um so hochzuwachsen. Außerdem irritierte sie die Tatsache, dass die Laubbäume als eine Art Kranz um die Lichtung herum wuchsen, aber der ganze Wald dahinter ausschließlich aus Nadelhölzern bestand. Der trockene Duft nach Nadeln und Kiefernzapfen hing in der Luft und brannte in der Nase. Sie stolperte mühsam im Slalom um die kräftigen Stämme herum. Die Wurzeln machten den Boden uneben und beherbergten lauter Stolperfallen, die vertrockneten Nadeln versteckten diese und machten den Untergrund zugleich fürchterlich rutschig. Mehrfach konnte sie sich gerade noch vor einem Sturz retten, indem sie einen Baum umklammerte. Nachdem sie sich bereits mehrere Minuten lang durch den Wald gekämpft hatte, fragte sie sich, ob sie vielleicht doch den Weg durch den Tunnel hätte wählen sollen, aber dafür war es zu spät. Sie bezweifelte, dass sie die winzige Lichtung inmitten des riesigen Waldes jemals wiederfinden würde.

Seufzend schleppte sie sich weiter vorwärts, vor ihr nichts als Bäume – und übersah dabei eine dicke Wurzel, in der sich ihr Fuß verfing und sie ins Taumeln brachte. Sie griff nach einem Ast oder Stamm oder irgendetwas, dass sie vor dem Fall bewahren würde, doch ihre Hand griff ins Leere. Sie fiel und landete bäuchlings mit gestreckten Armen auf dem Boden. Ihr schossen Tränen ins Gesicht, obgleich es gar nicht so sehr wehtat, wie sie befürchtet hatte. Sie stützte ihre Hände ins Gras und richtete sich so weit auf, dass sie sich nur noch auf allen Vieren im Grün befand. Verwundert blickte sie auf die Grashalme, die zwischen ihren Fingern hindurch ragten und sich in der blassen Sonne wärmten. Wohin war der Waldboden verschwunden?

Sie neigte den Kopf nach unten und schaute durch ihre Beine auf das, was hinter ihr lag. Karger Waldboden, Dutzende Nadelbäume, noch mehr Wurzeln. Dann richtete sie ihren Blick nach vorn und ihr Mund blieb vor Staunen offen stehen. Vor ihr lag eine gewaltige Graslandschaft, die sich nach links und rechts bis zum Horizont und darüber hinaus erstreckte. Nach vorn reichte sie so weit, bis sie von einem gigantischen Wasserfall abgeschnitten wurde. Dieser verlief längs entlang der gesamten Grasfläche und entsprang keinem Fluss oder Berg. Stattdessen schienen die Wassermassen unaufhaltsam aus dem Himmel zu fallen und im Erdboden zu verschwinden.

Sie rappelte sich auf und rieb sich den Staub von den Händen. Zwar warf sie noch einen letzten Blick nach hinten, doch umzukehren und den Tunnel zu suchen, hatte sie insgeheim schon ausgeschlossen. Ihr blieb nur der Weg nach vorn – außerdem verspürte sie eine unerklärliche, aber unbändige Neugier, sich den Wasserfall von Nahem anzusehen.

Obwohl die Wasserwand anfangs in großer Entfernung zu liegen schien, stellte es sich als doch nicht so weit heraus. Jeder Schritt, den sie tat, schien sie hunderte von Metern näher heranzubringen. Nur wenige Minuten später war sie scheinbar kilometerweit gelaufen, der Wald war nur noch ein dünner Streifen am Horizont, und fand sich am Fuße des Wasserfalls wieder. Von Nahem war er sogar noch beeindruckender als aus der Ferne, auch wenn er ihr nun reichlich merkwürdig vorkam. Er glitzerte im Sonnenlicht und trotz seiner Gewaltigkeit plätscherte er leise vor sich hin. Auf der anderen Seite sah sie, durch das Wasser verzerrt und verschleiert, schemenhafte Gestalten, Formen und Farben. Außerdem schien der Wasserfall nur hauchdünn zu sein. Sie streckte die Hand aus und berührte vorsichtig das Wasser. Ihre Handfläche glitt sanft hindurch und teilte ihn entzwei. Wärme umfing sie und es fühlte sich kein bisschen nass an. Für einen kurzen Moment zögerte sie, doch dann trat sie umso entschlossener mit zusammengekniffenen

Augen einen Schritt nach vorn, durch den dünnen Vorhang aus Wasser.

Noch während sie den Wasserfall passierte, strömten unzählige Gedanken unaufhaltsam in ihren Kopf, als wären sie Bestandteil des auf sie niederprasselnden Wassers. Der Druck war so groß, dass sie ihr beinahe Kopfschmerzen verursachten. Als sie schließlich die andere Seite erreichte, war wie aus dem Nichts ein Teil ihrer Identität zurückgekehrt. Ihr Name war N – und die ein Dutzend Menschen, die nun zu ihrer Linken nebeneinander aufgereiht standen, lächelten und ihr zunickten, waren ihre Familie. Sie erkannte ihre Mutter, mit ihren kastanienbraunen Locken und den vielen Lachfältchen im Gesicht. Ihren Vater, der stolz die alte Hornbrille ihres Großvaters trug und das breiteste Grinsen auf der ganzen Welt hatte. Ihren Großvater, der zwei Köpfe kleiner war als sein Sohn und aus dessen Hemdtasche die Kette seiner goldenen Taschenuhr herausschaute, die er von seiner Frau geschenkt bekommen hatte. Ihre Großmutter, die noch eine Küchenschürze trug, als würde sie gleich ihren allseits geliebten Käsekuchen aus dem Ofen holen.

N passierte ein Familienmitglied nach dem anderen und schenkte jedem ein ebenso großes Lächeln, wie sie es ihr schenkten. Am Ende der Reihe stand ihr Onkel, der für sie wie ein großer Bruder war. Er lächelte wie die anderen, doch er war der Einzige, der zudem seine Hand hob und in die Richtung deutete, die vom Wasserfall wegführte. Auch wenn sie gern noch dageblieben wäre, wusste N, dass sie weitermusste. Tief im Inneren spürte sie es, wie einen Instinkt. Also machte sie sich schweren Herzens auf den Weg – ohne zurückzublicken, damit sie nicht ins Hadern geriet.

Die Welt, die vor ihr lag, war wunderlich und doch merkwürdig vertraut. Nachdem sie eine Ebene durchquert hatte, in der riesige Kuben allerlei Formen und Farben den Weg säumten – N war besonders verwundert über die monströse blaue Kugel, die entgegen ihrer Erwartung nicht den Hang hinunterrollte, sondern an Ort und Stelle liegenblieb – lag ein Wald voller bunter Kegel vor ihr. Ihre Spitzen reckten sich in den Himmel, als wollten sie die Wolken durchbohren, während sie zum Boden hin zu verlaufen schienen, als wären ihre Wurzeln aus Stoff. Bei genauerem Hinsehen erkannte N, dass einige der Kegel unten gar nicht rund, sondern achteckig waren, was sie schulterzuckend hinnahm. Sie lief durch den Wald und wunderte sich über diese höchst eigenartige Pflanzenart, als sie an einem der Kegel ein fenstergroßes Loch bemerkte. Interessiert blieb sie stehen, trat näher heran und steckte neugierig ihren Kopf hinein. Nachdem sich ihre Augen an die Dunkelheit gewöhnt hatten, sah sie im Inneren voller Überraschung einen meterhohen Berg, bestehend aus Süßigkeiten. Wie bei einem Kind fingen ihre Augen an zu strahlen. Sie streckte die Hand aus und schöpfte damit alle möglichen Hartkaramellen, Kaubonbons, Lutscher und Weingummi in ihr T-Shirt. Als sie Angst haben musste, dass der Stoff dem Gewicht nicht mehr länger standhielt, lehnte N sich im Schneidersitz an den hohlen Kegel und stopfte sich munter eine Leckerei nach der nächsten in sich hinein. Nach der Hälfte musste sie sich jedoch eingestehen, dass es unmöglich war, alles auf einmal zu verputzen. Wenn sie jetzt nicht aufhörte, würde ihr noch schlecht werden. Seufzend kippte sie ihr T-Shirt zur Seite aus, nahm aber noch je eine Hand voll Süßigkeiten und füllte ihre Hosentaschen damit – Wegzehrung.

Mit vollem Magen machte sie sich weiter auf den Weg und erreichte früher als gedacht das Ende des Waldes. Schon von Weitem bemerkte sie das breite Gebäude, vor dem in weitläufigen Sandflächen Klettergerüste in die Höhe ragten. Zwar konnte sie die Schrift auf dem Banner über dem Eingang nicht lesen, doch ihr war auch so klar, dass es sich um eine Grundschule handelte. Ihrem Gefühl folgend zog sie schwungvoll die Glastüren auf und betrat das lichtdurchflutete Foyer. In der Ferne hörte sie leise Kinderstimmen, die zunehmend lauter wurden. Je weiter die Tür zufiel, desto genauer erkannte sie die weißen Schatten, die um sie herum wuselten, als Kinder. In geschmeidigen Bewegungen rannten sie durch die Gänge, lösten sich vor einer gläsernen Tür in feinen Nebel auf und kamen dahinter wieder zum Vorschein. Sie schenkten N keinerlei Beachtung. N konnte ihre Gesichter und bunte Kleidung erkennen, aber sobald sie genauer hinschaute, verschwammen die Kinder mit der Umgebung zu schemenhaften Gestalten und hinterließen beim Laufen einen weißen Schleier.

Unschlüssig beobachtete sie das fröhliche Treiben. Weil sie gerade einem Mädchen in rotem Kleid nachblickte, hätte sie beinahe nicht den kleinen Jungen bemerkt, der in einiger Entfernung stand und zu ihr herüberschaute.

Anders als die geisterhaften Kinder war er kein bisschen transparent und seine Umrisse scharf. Als N ihn bemerkte, senkte er kurz den Blick und schaute schüchtern drein, aber stiefelte dann los und auf sie zu. Als er direkt vor ihr stand, streckte er seine kleine Faust aus, als wolle er N etwas geben. Sie hielt ihm die Hand hin und er ließ wortlos ein Bonbon hineinfallen. Verwundert wanderte Ns Blick zwischen dem Jungen und dem Kirsch-Bonbon hin und her. Er schien sie auffordernd anzuschauen, also löste sie das Bonbon aus seiner Hülle und steckte es sich in den Mund. Der kleine Junge lächelte, nein, strahlte übers ganze Gesicht. Kleine Grübchen erschienen auf seinen Wangen.

Plötzlich veränderte er sich. Stück für Stück wuchs er in die Höhe, seine Hände wurden größer und sein Gesicht wurde erwachsener. In Sekundenschnelle wurde er erwachsen und lächelte N freundlich an. Mit ihm zusammen veränderte sich auch die Umgebung. Wo vorhin noch kleine Kinder gerannt waren, streiften nun Gestalten ihrer Größe durch die Gänge; wenn auch nicht weniger transparent. N lächelte zurück, woraufhin er ihre Hand in seine nahm und sie vorsichtig mit sich nach draußen zog. Sie konnte nicht sagen warum, aber in seiner Gegenwart fühlte sie sich pudelwohl.

Der Schulhof hatte sich in kürzester Zeit zu einem gepflasterten Campus mit angrenzender Wiese verwandelt. Der junge Mann führte sie über das Gras und bog am Ende des Gebäudes um die Ecke. Der Anblick, der sich ihr bot, war überwältigend. Das weite Meer glitzerte in der Sonne und rauschte angenehm vor sich hin.

Freudestrahlend lief sie zur Kaimauer, sprang auf die unterste Sprosse des kalten, weißgestrichenen Metallgeländers und genoss den Wind, der ihre kastanienbraunen Haare umspielte. Sie atmete die salzige Meeresluft ein und ließ die Sonne ihr Gesicht wärmen. Als sie sich umdrehte, war das Lehrgebäude verschwunden und weißen, mediterranen Putzfassaden gewichen. Sie wollte den Namen des jungen Mannes gerade rufen, da entdeckte sie ihn wenige Meter hinter sich auf den Mosaikfliesen aus Terrakotta, die die ganze Promenade bedeckten. Er kniete mit einem Bein auf dem Boden und hielt mit beiden Händen eine kleine Schatulle hoch, in der ein Ring glänzte. Obwohl sich seine Lippen bewegten, vernahm sie keinen Ton. Und doch wusste sie genau, was er sie in diesem Augenblick fragte.

Ihre Hände lösten sich vom Geländer, wie in Zeitlupe rannte sie zu ihm hinüber und fiel ihm mit Tränen in den Augen um den Hals. Er fing sie auf, wirbelte sie lachend im Kreis und küsste sie schließlich liebevoll. Sie schloss die Augen, gab sich ihm hin und war unendlich glücklich.

Als sie die Augen wieder öffnete, hatte sich die Szenerie abermals geändert. Sie stand auf einer Wiese, links von ihr waren reihenweise Klappstühle belegt und rechts von ihr sprach ein weißgekleideter Pfarrer seine wohlwollenden Worte, deren Bedeutung N nicht verstand, weil sie so seltsam klangen, obwohl es ihre Muttersprache war. Ihr gegenüber stand nun ihr Ehemann im Anzug. Seine schwarzen Haare waren zurückgekämmt und sein Lächeln raubte ihr wie immer den Atem. Hand in Hand schritten sie den Gang zwischen den Gästen entlang. Plötzlich fiel N auf, dass sie einen bunten Blumenstrauß in Händen hielt, und warf ihn, ohne lange zu überlegen, über ihre Schulter, bevor sie zu zweit über die weite Wiese schlenderten.

Bald erreichten sie einen feinen Kiesweg, der schier unendlich in die Ferne reichte, auf dem sie ihre Reise fortsetzten. Sie spazierten der Sonne entgegen, bis diese mit letzten roten Sonnenstrahlen hinterm Horizont verschwand. Der Mond ging auf, leuchtete ihnen den Weg und begleitete sie gemeinsam mit den unzähligen Sternen am Firmament, bis auch er aus ihrer Sicht verschwand und die Sonne wieder zum Vorschein kam. So ging es immer weiter, Sonne und Mond wechselten sich unaufhaltsam ab, ein ewiger Kreislauf. Irgendwann hatte N jegliches Zeitgefühl verloren, doch es fühlte sich richtig an. Hin und wieder sahen die beiden auf der Wiese eine oder mehrere Personen stehen, denen sie zuwinkten. Manchmal stand dort auch unvermittelt ein Haus oder sie sahen das Meer, welches sie so liebte, wie in einer Fata Morgana.

Nachdem sie eine lange Zeit gelaufen waren, holte sie rennend ein kleiner Junge ein. Seine braunen Haare waren vom Wind zerzaust und beim Lächeln zeigten seine Wangen winzige Grübchen. Er griff nach der freien Hand von N und schloss sich ihnen auf ihrer Reise an. Doch sie blieben nicht lange zu dritt, denn schon bald kam von hinten ein Mädchen mit schwarzen Haaren angelaufen. Sie lief ein kurzes Stück voraus, machte lachend kehrt und rannte mit offenen Armen auf Ns Mann zu. Er fing sie auf, umarmte sie herzlich und trug sie einige Zeit lang auf dem Arm. Schnell jedoch wurde sie größer und schwerer, sodass er sie schließlich absetzen musste. Als der kleine Junge fast Ns Größe erreicht hatte, ließ er ihre Hand los und spazierte eigenständig neben ihr her. Es schmerzte in ihrem Herzen, aber gleichzeitig war sie aus unerfindlichen Gründen stolz auf ihn. Ihre beiden Kleinen wurden zusehends älter und erwachsen.

Auf den Wiesen links und rechts wuchsen immer mehr Blumen. Sie dufteten süß und am liebsten hätte sie den Weg verlassen, um welche zu pflücken. Doch sie blieb lieber bei ihrer Familie, wanderte mit ihnen und raufte ihrem kleinen Jungen hin und wieder durch die Haare, wogegen er sich sträubte. Sie wusste jedoch, dass er es insgeheim mochte.

Mit der Zeit merkte sie, dass sie Mühe hatte, mit ihren beiden Kindern und den anderen Menschen, die sich ihnen nach und nach angeschlossen hatten, Schritt zu halten. Die Haare ihres Mannes waren schon lange vollständig ergraut und seine Hände wurden immer faltiger. In ihren Augen hatte er nichts von seinem guten Aussehen eingebüßt und sein Lächeln war noch immer das, in das sie sich damals verliebt hatte.

In der Ferne sah sie einen schwarzen Punkt mitten auf dem Weg, der immer größer wurde, je näher sie kamen. Bald stellte sie fest, dass er nicht auf dem Weg war, sondern sein Ende markierte. Das Gelände erhob sich zu einem breiten Hügel, der dicht mit Bäumen bepflanzt war. Sie wurde ein wenig ängstlich, doch die starke Hand ihres Mannes, die sie in all der Zeit nicht losgelassen hatte, gab ihr Sicherheit. Der schwarze Punkt entpuppte sich als Tunneleingang und sie hielten erst an, als sie unmittelbar davorstanden. Die beiden Kinder hatten ihrerseits bereits Kinder an ihrer Seite, die nun in dem Alter waren, in dem N ihren Mann heiratete. Sie stellten sich als Familie neben sie; ihr Sohn beide Arme um die des Enkels gelegt, ihre Tochter mit dem Arm ihres Gatten auf der Schulter. Ns Mann wandte sich ihr zu, nahm ihre beiden Hände in die seinen und lächelte sie an. Er gab ihr einen letzten Kuss und am liebsten hätte sie den Moment weiter hinausgezögert. Dann ließ er sie los, trat einen Schritt zurück und es war das erste Mal, dass sie in dieser Welt seine Stimme hörte. „Los, ich warte schon auf dich."

Sie setzte einen Fuß in den Tunnel und Dunkelheit empfing sie. Aber sie hatte keine Angst. Sondern sie war bereit für das, was sie am anderen Ende erwartete.

***

Schwer atmend stieß ein junger Mann die Flügeltür des Krankenhauses auf. So schnell er konnte, eilte er den langen Korridor entlang und verfiel dabei nicht selten ins Rennen, woraufhin er sich selbst ermahnte, da man das im Krankenhaus nicht tat. Auf der Treppe nahm er zwei Stufen auf einmal, was ihn noch mehr außer Atem brachte. Einige hellbraune Haarsträhnen fielen ihm ins Gesicht, doch er hatte keine Zeit, um sie wegzustreichen. Zielstrebig steuerte er auf eine Tür zu und für einen Moment, in dem er noch in Bewegung war, überlegte er, ob er anklopfen solle oder nicht. Er entschied sich dagegen und drückte die Klinke möglichst sanft herunter, damit im Inneren des Raumes niemand erschrak. Dort lag eine Frau still im Bett, die Augen geschlossen und ihre Gesichtszüge entspannt. Der Mann blieb knapp hinter der Tür stehen, schaute auf das Bett und rührte sich nicht. Angestrengt versuchte er, seinen Atem zu beruhigen, was ihm nicht richtig gelingen wollte. Dann ging er langsam näher an die rechte Seite des Bettes und schaute von oben herab auf das friedliche Gesicht der Frau. In diesem Moment schlug sie die Augen auf, sah den Mann neben ihr und lächelte.

„Tut mir leid. Habe ich dich geweckt?", fragte er behutsam.

„Ich habe mich nur kurz ausgeruht", erwiderte sie. Dann wandte sie ihren Blick von ihm ab und sah zu ihren Händen, die eine verschlungene Musselindecke im Arm hielten.

„Schau mal, Nora. Das ist dein Papa." Aus dem Handtuch war ein leises Gähnen zu vernehmen. Der Mann nahm lächelnd die Hand der jungen Frau, beugte sich über sie und gab ihr einen sanften Kuss auf die Stirn.

Der Nachtgiger

Wiebke Kayser

Es war einmal, vor gar nicht allzu langer Zeit, da lebte ein Junge, ja fast schon ein Mann, gar nicht so weit von hier. Er konnte sich nicht entsinnen, wann er von zu Hause fortgegangen war, hatten Abenteuerlust und Neugier sich doch bei ihm eingenistet und zu viele spannende Geschichten ins Ohr geflüstert.

Immerzu schwirrten sie um seinen Kopf und plapperten. Tagein, tagaus. Und er hing an ihren Lippen. Sie berichteten von Prinzen, die auszogen, um Drachen zu bekämpfen und Prinzessinnen zu retten. Erzählten von einem König, der einst ein normaler Junge war und dann ein Schwert fand, das es aus einem Stein zu ziehen galt.

Sie zeichneten eine Welt, die er sich nicht einmal in seinen Träumen ausmalen konnte. Von einer Stadt, die umgeben war von Sand, soweit das Auge reichte und noch viel weiter. Von einer wunderschönen Frau, die ihrem Herrn, den Kalifen, wie sie ihn nannte, jeden Abend eine neue Geschichte erzählte. Und das für tausend und eine Nacht. So berichtete sie von einem Jungen, einem Holzfäller, der auszog und vierzig Räuber bezwang, oder einem Straßenjungen, der eine Wunderlampe fand und drei Wünsche frei hatte. Abenteuerlust und Sehnsucht hatten so viel zu erzählen und das Herz des armen jungen Mannes wurde immer schwerer.

So fasste er allen Mut zusammen und entschied sich ebenfalls, hinauszugehen. Auch er wollte Geschichten erzählen können, wollte wunderschöne Prinzessinnen erblicken und mit 40 Drachen kämpfen, nur um dann zum Kalifen zu gehen und ihm das eine, aus dem Stein gezogene Schwert vor die Nase zu halten.

Aufgeregt war er. Daran kann er sich ganz genau erinnern. Und traurig. Denn seine Mutter stand mit großen, roten Augen an der Tür, als der Tag des Aufbruchs gekommen war. Er trat ganz dicht an sie ran und lächelte. Er griff nach ihren Händen und drückte sie.

„Seid nicht gram, liebe Mama", er suchte ihren Blick und strahlte sie an, sodass sie gar nicht anders konnte, als sein schiefes Grinsen zu erwidern. „Fürchtet Euch nicht oder seid gar betrübt! Ich werde wiederkommen, ein jedes Jahr aufs Neue! Und dann erzähl ich Euch von meinen Abenteuern. Und Ihr werdet staunen, was mich da draußen erwartet hat. Und noch größer werden Eure Augen, wenn Ihr die Geschenke seht, die ich Euch mitbringe. Glaubt an mich, vergesst mich nicht und ich verspreche, dass ich wiederkehre."

Die Mutter schluchzte. Doch war sie auch stolz auf ihren Jungen und nickte ihm ermutigend zu. Und so geschah es, dass der junge Mann sich aufmachte. Den Rücken schwer von der Last des Beutels, den die Mutter ihm gepackt hatte, doch das Herz so leicht, wie er es sich nie hätte träumen lassen.

Er war bereit. Abenteuerlust und Neugier thronten auf seinen Schultern und noch immer flüsterten sie ihm Geschichten zu. Und so lief er. Tagelang. Ließ Wälder und Seen hinter sich, Weiden und Felder. Von Zeit zu Zeit half er den Bauern, die Äcker zu bestellen und verdiente sich so ein Abendessen und Quartier für die Nacht.

Er lauschte den Erzählungen der Leute, mit denen er um den Kamin saß und hörte gebannt auf die Beschreibungen der Wesen, die da draußen auf einen warteten. Sie erzählten von Trollen, vom Wolpertinger, dem Blutschink, dem Nachtgiger und der saligen Frau.

Besonders der Nachtgiger ließ die Bauern erschaudern, hatten sie doch große Angst um ihre Kinder. War es doch der Giger, der dem Nachbarn den Sohnemann vor etlichen Monden genommen hat. Da war es, dachte der junge Mann aufgeregt. Sein erstes Abenteuer. Wie könnte er diesen armen Menschen auch nicht helfen, nachdem sie so großzügig mit ihm geteilt hatten? Das spitzbübische Lächeln schlich sich auf seine Lippen und er strahlte die Familie an.

„Seid nicht bang, gute Frau", sagte er tapfer und baute sich ein wenig auf. Er ließ den Blick abwechselnd auf die beiden Eheleute fallen und zwinkerte ihnen zu. „Ich werde schon auf Eure Kleinen aufpassen. Keinen der Bengel wird der Nachtgiger mitnehmen. Nicht so lange ich in eurem Haus verweilen darf!"

Der Bauer musterte ihn argwöhnisch. „Große Worte für einen, der bis vor zwei Bissen nichts von dem Ungetüm wusste. Sei nicht töricht. Zieh weiter und finde, was du suchst." Doch der junge Mann schüttelte den Kopf. „Aber das ist es doch, wonach ich suche!"

Seine Augen wurden groß und leuchteten voller Eifer. Der Ehegatte starrte ihn an und schwieg. Er war sich nicht sicher, ob es Mut oder Dummheit war, die den Burschen antrieben, aber im Grunde war ihm das auch gleich. Womöglich würde er in dieser Nacht ein wenig Schlaf finden, wenn der Knabe auf die Kate Acht gab und dies war ein äußerst besänftigender Gedanke.

Er seufzte und nickte dem Jungen zu, der noch breiter zu grinsen begann und den letzten Rest von seinem Teller leerte. Als alle mit Speisen fertig waren, räumte die Familie den Tisch ab und suchte die Betten auf. Doch der junge Mann kauerte sich an den Ofen und genoss die Wärme. Noch immer tanzten Entzücken und Schneid in seiner Brust, während der Argwohn dies alles von der Seite aus beobachtete.

So verging Stunde um Stunde. Was würde schon passieren? Das Ehepaar lag tief schlummernd in ihren Betten, ebenso wie die vier Kinder. So glaubte der junge Mann zumindest, als er plötzlich ein Poltern vernahm. Vorsichtig erhob er sich und steuerte auf die Leiter zu, die hinaufführte zum Heuboden, auf welchem der Nachwuchs nächtigte. Sprosse für Sprosse kletterte er hinauf, linste die Dielen entlang ins Heu, wo drei der vier Burschen schnarchten. Doch wo war der vierte abgeblieben?

Erschrocken riss der junge Mann den Kopf in alle Richtungen und zog sich hinauf auf den Boden. Darauf bedacht, die Kinder nicht zu wecken, schlurfte er von einer Ecke zur nächsten, doch er fand nichts als Heu.

Dann wanderte sein Blick hinaus, durch die

kleine Luke, die ins Dach der Kate eingearbeitet war. Da war doch was. Er kniff die Augen zusammen und starrte hinunter. Direkt vor der Hütte, im Lichte des Mondes, standen zwei Gestalten.

Hastig fuhr er herum und eilte die Stufen hinab. Wie konnte das passieren? Sie hatten alle geschlafen. Kam der Giger nicht einzig zu den Kindern, die des Nachts herumtollten? Es war ihm gleich. Er konnte sich den Kopf darüber nicht zerbrechen und preschte aus der Tür. Da stand er. Leibhaftig. Der junge Mann war einen kurzen Augenblick starr vor Schreck. Niemals in seinem Leben, war er einer Bestie begegnet. Nie hatte er gespürt, welch ein Schauder den Rücken entlang krabbelte, wenn man ihnen gegenüberstand.

Groll und Verdruss kauerten so tief und strahlten von der Kreatur empor.

Und dem jungen Mann fiel es sichtlich schwer, sich aus diesem fein gewebten Netz der Angst zu lösen. Negative Gedanken begannen seinen Kopf auszufüllen und Argwohn, der so neidisch zur Entzückung und dem Schneid hinübergeschielt hatte, baute sich nun vor ihnen auf. Wo war bloß das Schwert, was er aus dem Stein hatte ziehen wollen? Wie wollte er sich verteidigen? Wie kämpfte man überhaupt gegen eine dunkle Kreatur wie diese? Er schalt sich selbst für seine Naivität. Was hatte er denn angenommen? Das alle Bestien seine Silhouette erblicken und davonlaufen?

Er gluckste zynisch auf. Der Bauer hatte Recht behalten. Töricht war er gewesen. Und leichtsinnig. Er hatte versprochen, auf die Burschen aufzupassen, und nun stand er da.

Mit schlotternden Knien und sich in den Boden schämend. Was sollte seine Mutter bloß von ihm denken. Er wollte sie stolz machen und nicht ins Unglück stürzen.

Er hob den Blick und betrachtete seinen Widersacher, nur um ihn im nächsten Moment wieder abzuwenden. Aber die Neugier hatte sich bereits wieder auf die Schulter des jungen Mannes gesetzt und die war kräftiger als die Furcht, die in des jungen Mannes Inneren tobte. Und so polterte auch der Schneid ganz langsam aus seinem Versteck.

Der junge Mann schluckte, dann ganz langsam, schlich sich ein Lächeln auf dessen Lippen. Was war es, das den Nachtgiger so furchtsam machte?

Er schüttelte seine Beine und das Schlottern fiel ab. Einfach so. Du hast es dem Bauern versprochen, wiederholte der Schneid, wisperte es ganz leise in des Mannes Ohr. Sieh ihn dir genau an. Ist er wirklich so furchteinflößend? Der junge Mann schaute auf. Der Schneid hatte Recht. Wieso war ihm angst und bang? Er stand dem Butzemann gegenüber und als er diesen genauer betrachtete, erschien ihm die Bestie gar nicht mehr so monströs. Er tat einen Schritt auf das Wesen zu. Es war kleiner als er selbst. Noch einen Schritt. Der ganze Leib war in ein schwarzes Gewand eingewickelt und bei genauerem Hinsehen, zeichnete sich ein Buckel unter all der Wolle ab. Noch ein Schritt. Es war nicht mehr als eine Handbreit, welche die beiden voneinander trennte. Der Nachtgiger ließ ab vom Kind und schien sich ihm zuzuwenden.

Doch als er ihn so unverhohlen ansah, konnte

der junge Mann nicht mehr erkennen als ein tiefes, schwarzes Nichts. Und wenn er so darüber nachdachte, war das doch eher traurig als furchteinflößend. Er beugte sich hinunter zum Sohnemann des Bauern und nahm diesen auf seinen Arm. Der Schneid, der es sich inzwischen auf der freien Schulter bequem gemacht hatte, schielte zufrieden zur Neugier, die sich gespannt über den Knaben beugte. „Du hast hier nichts zu suchen, du schwarzes Elend", schimpfte der junge Mann. „Scher dich weg! Lass ab von all den armen Kindern! Das Licht in ihren Herzen gehört ihnen und wird das deine auch nicht mehr retten!" Der Nachtgiger schrumpfte noch weiter in sich zusammen, schien nicht zu verstehen, was hier vor sich ging. So etwas war ihm nie zuvor passiert. Die Courage und die Selbstlosigkeit des jungen Mannes legten sich wie eine Last auf den Rücken des Gigers. Die Angst packte ihn, zerrte an seinen Knochen und ließ ihn immer kleiner und kleiner werden, bis er gänzlich verschwunden war.

Schweigend stand der junge Mann da im Mondlicht und starrte auf die Stelle, an welcher soeben noch der Nachtgiger gekauert hatte. Er hatte den Butzemann in die Flucht geschlagen. Er konnte es nicht fassen. Die Abenteuerlust klopfte ihm stolz den Rücken. Strotzend vor Freude machte er auf dem Satz kehrt und lief, den Jungen noch immer in seinen Armen, zurück zur Kate. Hier war alles unverändert und es herrschte noch immer einvernehmliches Schlummern. Er war froh, dass das Ehepaar von alledem nichts mitbekommen hatte. Der junge Mann setzte sich wieder an den Ofen, den Knaben dicht an die Kacheln platziert, sodass dieser sich wieder aufwärmen konnte. Es waren keine vierzig Räuber und auch keine wunderschöne Frau, aber doch ein Abenteuer. „Danke", murmelte der Bursche und sah den Mann an. „Dass du mich gerettet hast, meine ich."

Der junge Mann blinzelte, dann lächelte er.

„Gern geschehen."

„Wie heißt du?" Der Knabe ließ ihn nicht aus den Augen. Er war also die ganze Zeit wach gewesen und hatte das Ungetüm gesehen.

Der Mann seufzte bedauernd. „Ich heiße Kilian."

„Wirst du hierbleiben?"

Kilian sah den Kleinen einen Augenblick schweigend an und schüttelte schließlich den Kopf.

„Nein", entgegnete er sanft. „Ich denke, dass ich heimkehren werde."

Er lächelte bei dem Gedanken an seine Mutter und es wurde ihm warm ums Herz.

„Ich versprach mir ein Abenteuer und ihr ein Geschenk. Ich denke, dass ich die perfekte Geschichte habe, die ich ihr zum Geschenk machen kann."

Am Bahnhofsplatz

Lukas Klus

Das Licht der Sonne war schon dabei, hinter dem Horizont zu verschwinden, um das Geschehen am Bahnhofsvorplatz in ein abendliches Grau zu tauchen. Nach und nach leuchtete die Straße auf; Laternen, Reklame und Glühbirnen hinter Fensterglas erhellten das Gesamtbild, während die Sonne am Himmel dies immer weniger vermochte. Der Abend beendete einen heißen Sommertag. Die Hitze war einer sanften und milden Brise gewichen, die Johannes Staribacher direkt in seinem Gesicht spürte, als er das Bahnhofsgebäude verließ. Für einige Minuten spazierte er am Bahnhofsvorplatz umher, um den Anblick der umgebenden Architektur in der Dämmerung zu genießen. Es war sein erster Tag in dieser neuen Stadt, nachdem er diesen Aufbruch schon so lange voller Sehnsucht antizipiert hatte. Sämtliche Reiseführer waren im Voraus verschlungen worden und Abende damit verbracht, sich Impressionen der Stadt im Internet durchzulesen. Nun war er hier in dieser Stadt, von vielen beschrieben als eine der schönsten Städte der Welt – und von heute an seine Heimat.

Tatsächlich überkamen ihn direkt die Glücksgefühle von purem ästhetischem

Vergnügen, als er seine ersten Schritte in dieser Stadt machte. Bereits der Bahnhofsvorplatz versprach einiges, was er sich von den kommenden Tagen erhoffen konnte: Mehrere alte Gebäude unterschiedlicher Baustile und unterschiedlicher Epochen waren hier zu sehen und offenbarten in dem künstlichen Licht, das die Dämmerung durchbrach, ihre ganze Schönheit.

Besonders angetan war Staribacher von einem Fachwerkhaus, das auf der Ecke des Bahnhofsplatzes zu einer Seitengasse stand. Nicht nur war es von einer beeindruckenden Größe – es fasste fünf Stockwerke, was für ein altes Fachwerkhaus recht ungewöhnlich war – es war auch kunstvoll verziert. Zwischen den Kacheln des Fachwerks fand sich nicht nur weißer Putz, in den höheren Stockwerken waren auch bunte Steine in diesen verarbeitet, die ein gleichmäßiges und harmonisches Muster ergaben. Bei näherer Betrachtung ließ sich auch feststellen, dass das Holz von Schnitzereien durchzogen war, die Blumen, Schnecken und die Ähren von Getreide abbildeten. Blickte man hoch auf den Giebel, so erkannte man außerdem, dass auf diesem eine präzise ausgearbeitete Holzfigur stand: Ein Mensch, der seine Arme ausbreitete, als würde er gerade vom Dach springen wollen, um in den Abendhimmel zu fliegen.

Staribacher betrachtete das Gebäude für mehrere Minuten, ging um dieses herum, verbrachte an jeder Ecke etwas Zeit, um den Anblick zu genießen. Es war mit Sicherheit keine der architektonischen Glanzleistungen, die man an anderer Stelle der Stadt finden konnte, aber es war interessant genug, um eines Blickes gewürdigt zu werden. Kurios fand er es schon, dass das Haus in keinem der vielen Reiseführer, die er gelesen hatte, abgebildet war oder auch nur erwähnt wurde.

Auf einer Seite des Hauses fand sich, recht unscheinbar, fast schon versteckt, der Eingang zu einem Restaurant. Lediglich ein kleines Schild über der Tür wies darauf hin: Pizzeria am Bahnhofsplatz. Ein Name so unauffällig wie das Lokal selbst. Obwohl er sich mit vielen Tipps rund um die Gastronomie befasst hatte, konnte Staribacher sich auch nicht erinnern, je von diesem Restaurant gehört zu haben. Das alles kam ihm schon recht seltsam vor.

Da er ohnehin noch vorhatte, etwas zu essen, beschloss er, dem Restaurant einen Besuch abzustatten. Zwar war er eigentlich kein großer Freund von Pizza, aber die meisten Pizzerien boten ja auch sehr leckere Pastagerichte an.

Eine Minute später schloss er die Eingangstür mit einem Klicken und sah sich im Inneren des Restaurants um. Es war altmodisch eingerichtet. Die Tische aus Massivholz waren in einem Schachbrettmuster angeordnet, jeder abwechselnd mit einer schwarzen oder weißen Decke geschmückt. Die Stühle waren ebenfalls aus Holz im gleichen dunklen Braun, das den ganzen Raum dominierte. Neben den Möbeln waren auch die Wände in diesem Farbton gehalten. Der Parkettboden hob sich mit einem etwas helleren Braun von diesem Gesamtbild ab. Im gedämpften Licht des Raumes wirkten die Farben dunkler, als sie es eigentlich waren. Man schien hier auf romantische Stimmung zu setzen, elektronisches Licht war selten.

Stattdessen wurde die Umgebung zum großen Teil durch die vielen Kerzen erleuchtet, die sich im Zentrum jedes Tisches in einer sternförmigen Anordnung befanden. Besonders heraus stachen aber die Bilder an den Wänden. Die Gemälde zeigten biblische Motive, vor allem Szenen der Grausamkeit: Die Kreuzigung Christi, die Opferung Isaaks, die vielen ertrinkenden Sünder in der Sintflut. Die detaillierten Darstellungen von Angst und Tod waren kaum appetitanregend und bildeten einen starken Kontrast zum sonst so gemütlich eingerichteten Innenleben. Die Gäste indes schien das wenig abzuschrecken. Das Restaurant war prall gefüllt, es war kein freier Tisch auszumachen.

Was aber wirklich ungewöhnlich war, war nichts an der Einrichtung, sondern die Geräuschkulisse: Trotz der vielen Besucher war es eine Kulisse des Schweigens. Es gab nicht einmal Musik, die aus irgendwelchen Lautsprechern tönte. Alles, was zu hören war, war Besteck, das auf Geschirr klapperte, und hin und wieder gedämpfte Geräusche der Straße, die noch durch die Tür kamen. Von den Gästen jedoch sprach niemand. Selbst die, die auf ihr Essen warteten, starrten nur mit leerem Blick ins Nichts, ohne sich in irgendeiner Form akustisch zu äußern. Diese Stille war nahezu unheimlich.

Staribacher konnte nicht genau sagen, wie lange er sich umgesehen hatte, als er von einer Kellnerin angesprochen wurde.

„Sie brauchen also einen Platz für eine Person." Es war eine Feststellung, keine Frage.

„Ja, genau. So ist es", antwortete Staribacher.

„Sehr gerne!" Die Kellnerin führte ihn durch

den Raum zu einer Hintertür, die zu einem kleinen Innenhof führte, der von außen nicht zu sehen war. Er besaß einen quadratischen Aufbau und war von allen Seiten von den Mauern des Hauses begrenzt. Im Gegensatz zu den äußeren Wänden waren diese aber nicht im Fachwerkstil, sondern aus grau-braunen Backsteinen gebaut, so dass von der äußerlichen Schönheit des Gebäudes hier wenig übrig war. Stattdessen bildeten die Steine der Mauer ein langweiliges Muster, das nicht einmal durch Fenster unterbrochen wurde. Lediglich die Tür, durch die er hinaus geführt wurde, ermöglichte einen Blick auf das Innenleben des Restaurants. Die Tische waren von derselben Bauart wie im Innenbereich und ebenfalls als Schachbrett angeordnet, vor dem neuen Hintergrund wirkte das aber völlig deplatziert. Beleuchtet wurde der Innenhof neben den Kerzen auf den Tischen von einigen Lampen an den Wänden, die ein mattes Licht abgaben. Die bunten Blumen, die in Beeten am Gebäuderand standen, konnten so recht wenig Farbe entfalten. Der immer dunkler werdende Abend tat sein Übriges.

Im Gegensatz zum Inneren saß hier draußen niemand. Alle Tische waren leer. Staribacher fand es kaum verwunderlich, schien dieser Ort doch wenig gemütlich. Aber da drinnen offenbar nichts mehr frei war, fand er sich mit seinem Schicksal ab. Er hoffte, sich trotzdem noch auf gutes Essen freuen zu können. Und es war ja noch immer ein schöner Sommerabend, dessen frische Luft er hier noch ein bisschen länger genießen konnte. Staribacher nahm an einem der Tische ganz in der Nähe zur Tür Platz.

„Wissen Sie schon, was Sie trinken möchten, Herr Staribacher?", fragte ihn die Kellnerin.

„Ja, eine Cola bitte", antwortete er.

„Gerne."

Hatte sie ihn gerade beim Namen genannt? Staribacher war sich nicht sicher, er hatte nicht so genau zugehört. Wahrscheinlich hatte er sich da nur etwas eingebildet.

Er wollte zur Speisekarte greifen und sich ein schönes Gericht aussuchen. Auf seinem Tisch war aber keine zu finden. Er sah sich um. Auch auf den anderen Tischen war keine Speisekarte platziert.

Bestimmt würde man ihm gleich eine bringen, dachte er, während er einen Schluck von seiner Cola nahm. Erst, als er schon den zweiten Schluck des kalten und süßen Getränks herunterschluckte, stellte er fest, dass er gar nicht bemerkt hatte, wie ihm das Glas gebracht wurde. Er stellte die Cola auf dem Tisch auf. Etwas unhöflich erschien ihm das schon. Generell kam ihm das Verhalten der Menschen hier schon seltsam vor. Sowohl das Personal als auch die Gäste jedenfalls schienen das Sprechen zu vermeiden.

Andererseits dachte er sich weiter, hatte er auch eine stundenlange Zugfahrt hinter und befand sich in einem ganz anderen Teil des Landes mit ganz anderen Gepflogenheiten. Anscheinend pflegte man hier eine Kultur des Schweigens. Er trank noch einen Schluck Cola. Ihm blieb sowieso nichts anderes, als darauf zu warten, dass er endlich bestellen konnte. Die Ironie dahinter war, dass er so wartend und ohne Begleitung selbst zu einer jener schweigenden Gestalten wurde. Er versank ein wenig in seinen

Gedanken. Seine Tagträumerei war gerade in einer besonders lustigen Episode angelangt, die ihm, ohne es zu bemerken, ein kleines Lächeln ins Gesicht brachte, als die Kellnerin erneut vor ihm auftauchte. Obwohl es ihr nicht galt, erwiderte sie sein Lächeln. Bei Staribacher selbst wiederum wich es aber sogleich einem Ausdruck der Verwunderung, als er sah, dass ihm bereits ein Teller mit fertigem Essen gebracht wurde. Er wollte schon etwas sagen, aber so schnell wusste er auch nicht, was. Die Kellnerin kam ihm zuvor.

„Tagliatelle in Tomatensauce mit Oliven und Knoblauch", sagte sie. Im Gegensatz zu ihm verlor sie ihr Lächeln nicht. Trotzdem kam ihre Stimme ihm plötzlich gar nicht mehr so freundlich vor. „Ein schönes Pastagericht, weil Sie Pizza ja nicht so gerne mögen."

Staribacher merkte selbst gar nicht, wie verblüfft er sie anstarrte. „Aber, Herr Staribacher", reagierte die Kellnerin darauf. „Sie glauben doch nicht, dass wir nichts über Sie wissen. Wir kennen hier unsere Kunden." Nun war er sich sicher. Ihre Stimme war nicht freundlich. Sie war eiskalt, ihr Lächeln grundfalsch. Die Situation wurde ihm nicht nur etwas unheimlich, sie jagte ihm Schauer über den Rücken. Die Kellnerin schien das wenig zu beeindrucken, sie verschwand einfach wortlos wieder im Inneren. Nicht einmal ein „Guten Appetit" kam ihr über die Lippen.

Staribacher blieb nur schweigend an seinem Platz sitzen und richtete den Blick auf seinen Teller. Hunger hatte er keinen mehr, dafür Angst. Von Anfang an kam ihm vieles in dem Laden komisch vor. Ihm wurde klar, dass er unbewusst schon die ganze Zeit ahnte, dass hier etwas nicht stimmte.

Er sah sich im Innenhof um. Noch immer war er alleine in der Stille hier draußen, umgeben von kalten Mauern. Als wäre er an einem toten Ort. Er konnte nicht einmal mehr nach innen sehen, die Kellnerin hatte die Tür hinter sich geschlossen. Er brauchte es gar nicht zu versuchen, er wusste, dass sie abgeschlossen war. Es gab kein Entkommen. Ihm blieb faktisch nichts anderes übrig, als sein Essen zu essen, wahrscheinlich würde er hier vorher so oder so nicht herauskommen, falls er überhaupt herauskommen würde. Zumindest besagten das seine dunklen Ahnungen.

Das Essen auf dem Teller sah ohne Frage vorzüglich aus. Die Tagliatelle wurden wunderbar gleichmäßig von der blutroten Sauce bedeckt, aus der die Oliven wie schwarze Augen hervorstachen. Bei dem Anblick stieg ihm auch sogleich der würzige Geruch des Gerichts in die Nase: Wie herrlich die Tomaten dominierten, ohne die Oliven zu überdecken. Ebenso leistete der Knoblauch, obwohl gar nicht sichtbar, ebenso seinen Beitrag zu dem Duft. Zuletzt waren aber ebenso Noten von Basilikum, Meersalz und schwarzem Pfeffer zu vernehmen. So ergaben die vielen subtilen Gerüche, die sich unter die Dominanz der Tomaten mischten, eine ganz herrliche Duftkomposition. Obwohl er eigentlich meinte, keinen Hunger zu haben, konnte er nicht bestreiten, dass Optik und Geruch nahezu eine hypnotische Wirkung entfalteten. Ihm erschien es so fast, als ob sich eine sittliche Pflicht ergeben würde, die Tagliatelle auch mit dem Sinn des Geschmacks prüfen zu müssen. Je länger er das Gericht ansah, je länger er seinen Geruch vernahm, desto größer wurde die Verführung, die seine Angst sukzessiv verdrängte und ihn vergessen ließ, dass ihm doch eigentlich der Appetit vergangen war.

Es kostete ihn nur noch wenig Überwindung, seine silbern glänzende Gabel am Ende in die Pasta zu stecken und sie langsam aufzurollen, während Sauce und Oliven noch an ihnen kleben blieben. Mit der Berührung der Tagliatelle durch das Metall der Gabel bemerkte er sogleich die perfekte Textur der Pasta, nicht zu weich und nicht zu fest. Sie wurden zum perfekten Zeitpunkt aus dem kochenden Wasser geholt, etwas, das einem beim Kochen zuhause nie so recht gelang.

Staribacher führte die Gabel langsam zu seinem Mund. Noch während er die Probe des Gerichts mit seinen Lippen sanft von der Gabel in seinen Mund führte, spürte er den Geschmack der Sauce auf der Zunge. Bereits mit diesem Moment musste er feststellen, dass das ihm servierte Gericht nahezu perfekt war. Wie auch im Geruch dominierten die Tomaten eindeutig, es waren reife und frische Exemplare, die dem Ganzen einen wunderbar fruchtigen Geschmack gaben. Sie ließen aber einen Raum für eine perfekt durchdachte Gewürzmischung, deren einzelne Elemente weit über die im Geruch zu vernehmenden Gewürze hinausgingen. Die genaue Zusammensetzung der einzelnen Gewürze war nur schwierig zu erkennen, weil sie eine einzelne vollkommene Geschmackseinheit bildeten, ähnlich einem Akkord, der es im Zusammenspiel seiner Klänge vermochte, eine ohnehin schon gelungene Melodie zu einer musikalischen Glanzleistung zu erheben. Vervollständigt wurde das Geschmackserlebnis durch die Schärfe des Knoblauchs, so leicht, dass sie gerade eben zu spüren war, und damit deutlich genug, um ein entscheidender Bestandteil eines vollkommenen Geschmackserlebnisses zu sein.

Staribacher entfernte die Gabel von seinem Mund, doch er behielt das Essen noch für eine Sekunde auf der Zunge, um den Geschmack noch ein wenig länger aufnehmen zu können. Dann führte er es zu den Zähnen, wo er langsam auf den Teig der Tagliatelle biss. Mit dem Schließen seiner Kiefer wurden auch die in der Sauce verborgenen Oliven zerdrückt, deren Beitrag zum Geschmackserlebnis bisher noch marginal war. Nun aber zerfielen die schwarzen Früchte durch den Druck in viele einzelne Stücke, deren Saft sich mit der Sauce vermischte und diese so – Staribacher hätte vor wenigen Sekunden nicht einmal geglaubt, dass dies überhaupt möglich sein könnte – noch einmal auf ein noch höheres Level der geschmacklichen Qualität hob. Gemeinsam mit den perfekt gekochten Tagliatelle wurde dieses Geschmacksbild so auf eine Ebene der Endgültigkeit geführt, eine Stufe des Geschmacks, die in ihrer Vollkommenheit erreichte, das Schmecken dieses Gerichts zu einer metaphysischen Sinneserfahrung zu erheben.

Er konnte nicht glauben, was er gerade in seinen Körper aufnahm. Er hatte im Leben nicht erahnt, das möglich war, was er gerade erlebte. So mussten sich die Menschen gefühlt haben, wenn sie erstmals eine Sinfonie des Jahrhunderts hörten oder eines der großen Gedichte der Weltliteratur in perfekter Rezitation wahrnehmen durften. Diese Menschen befanden sich in der privilegierten Situation, einige der wenigen ganz großen Erfahrungen machen zu dürfen.

In den nächsten Minuten, mit jedem weiteren Bissen, vergaß Staribacher alles: Seine Umgebung, seine Angst, am Ende sogar sich selbst. Er genoss jeden einzelnen Bissen der Tagliatelle in der Sauce und konzentrierte sich nur darauf, alle anderen Sinne begann er auszublenden. Er war im Geschmack der Vollkommenheit verloren.

Erst, als er noch den letzten Tropfen der Sauce mit seiner Gabel vom Teller gekratzt hatte, spürte er wieder, wie das Augenlicht in sein Bewusstsein zurückkehrte und ihm Projektionen des kargen Innenhofes vor Augen brachte. Er begann wieder zu spüren, wie die milde Luft des Sommerabends seine Finger kitzelte und seine Ohren vernahmen wieder leises Klappern von Besteck und Geschirr aus dem Inneren des Restaurants. Bis er aber diese Reize wirklich verarbeiten konnte, um aus ihnen einen klaren Gedanken zu formen, vergingen noch einige Minuten. Erst dann wurde ihm wieder bewusst, wo er war, was er tat – und wer er war. Er sah sich um, blickte plötzlich in das Innere des Restaurants. Ohne, dass er überhaupt in der Lage war, es zu merken, wurde die Tür in der Zwischenzeit geöffnet, so dass sie nun wieder den Blick freigab auf all die Gäste, die schweigend und mit völlig leerem Blick ihre Speisen zu sich nahmen. Staribacher verstand nun, warum sie sich so verhielten.

Mit der Rückkehr seines Denkens kam auch sein Unwohlsein wieder. Dieser Ort war ihm noch immer unheimlich, nach dem Rausch des Speisens noch mehr als zuvor. Eine Seite von ihm fand die religiös angehauchten Gedanken dahinter lächerlich, ein anderer wusste, dass die

Herstellung von so vollkommenem Geschmack nicht mit rechten Dingen zugehen konnte.

Er blieb noch ein wenig sitzen. Er verspürte noch immer den Nachklang der Glücksgefühle, die ihm beim Essen bereitet wurden. Gemischt mit der größeren Angst brachte ihn das in einen Zustand, in dem er nicht wusste, was er tun sollte. Sollte er bezahlen? Sollte er einfach gehen? Lieber wartete er noch ein paar Minuten und versuchte, mit seinem emotionalen Zustand fertig zu werden.

Er wusste, dass er wieder kommen würde. Früher oder später würde er noch einmal erleben wollen, was gerade über ihn kam. Als er vor wenigen Stunden in der neuen Stadt ankam, wusste er noch nicht, wie lange er hier leben würde. Jetzt erkannte er, dass dieses Restaurant ihn an diese Stadt binden würde, ihn jetzt schon gebunden hatte. Aber so lange er hier lebte, würde er auch schweigen über dieses Restaurant. Er ahnte, dass alles andere nichts Gutes mitbringen könnte. Und er wusste, dass die Angst, die er jetzt verspürte, ihn den Rest seines Lebens begleiten würde. Aber das war es wert.

Ringroad

Greta Köhne

1. {Kandahar 2022}

„Unter Plastiktüten waren sie damals sehr häufig versteckt. Sprengkörper. Schau, fast alle hundert Meter siehst du es: Schlaglöcher als Narben ungezählter Explosionen.

Du merkst, jetzt ist es ruhig, vielleicht fühlst du dich sogar sicher auf dieser Straße. Ich weiß, mein Auto ist sehr alt, bei euch wäre es schon vor langer Zeit von der Straße verbannt, aber Anschläge gibt es hier jetzt keine mehr. Warum fragst du? Das ist einfach. Ihre Angriffe kommen nicht mehr von unten. Sie brauchen nicht mehr unter Plastiktüten, müllversteckte Todesbringer zu erzeugen. Nicht mehr vor dem Asphalt müssen wir uns fürchten, sondern vor dem Ministerium. Die Verantwortlichen der Anschläge sind nun die Regierung."

2. {Arnheim 1944}

Uralt und doch immer wieder neu, Stunden der äußersten Anspannung und Konzentration: Start zur freien Jagd im Raum Arnheim.

Der Start verhieß schon nichts Gutes. An seinem Flugzeug hatte sich die Vorspur verstellt, was ein starkes Ausbrechen der Maschine nach links zur Folge hatte. Mit vollausgetretenem Seitensteuer und trotz rechtsseitigen Bremsens beschrieb er langsam, ohne dass er es verhindern konnte, einen Halbkreis nach links, immer haargenau 10 m parallel eines hohen Walles, der an der linken Platzgrenze in das Rollfeld hineinstieß. Mit Ach und Krach, mit Hängen und Würgen, im Augenblick vollkommen machtlos gegenüber der Tücke des Materials, konnte er endlich vom Boden freikommen. Haarscharf ging es über den Liegeplatz der 5. Staffel hinweg, dann hatte er mit der genügend hohen Fahrt die 2000 wildgewordenen Pferde wieder in seiner Gewalt. Der Motor summte zahm. Fahrwerk rein, Landeklappen dazu, Trimmung nachgestellt, Zusatztank auf „Ein" gestellt – die Kraftstoffförderung funktionierte – Waffen eingeschaltet, Sonnenbrille auf die Nase geschoben, Atemschlauch an der Haube befestigt, Schultergurte etwas gelockert, Karte auf den Schoß gelegt. Von ihm aus konnte es losgehen. Er war bereit.

Mit dem Vorschieben des Gashebels und Aufbrüllen des starken Motors fiel wie immer die Spannung, die durch das Warten zuvor auf Hochtouren gehalten wurde, von ihm ab. Er war kalt und ruhig, ein nüchtern und klar denkender Mensch.

3. {Kandahar 2022}

„Ich möchte dir etwas zeigen: meinen Laden. Die Lage ist nicht gut, ein guter Verkäufer bin ich auch nicht. Ein besserer Journalist war ich, aber damit kannst du deinen Kindern heute in diesem land nicht mehr den Hunger stillen. Sie hungern nach friedlichen Geschichten, das tun sie. Aber mehr noch nach Naan. Hier in die Gasse hinein. Sieh dir das Schaufenster genau an, ich werde dir später noch anderes zeigen. Interessierst du dich für Kunsthandwerk? Dekoration? Ich mich eigentlich nicht, wobei große Gemälde, Fotografien ... alles in einem politischen Kontext, das würde ich doch gerne eines Tages verkaufen. Aber unterdrückte Menschen kaufen keine politische Kunst. Sowieso, gut läuft mein Laden nicht, aber einiges der kleinen billigen bunten Dinge geht doch weg. Warte kurz auf mich hier im Verkaufsraum. Vor einigen Tagen waren zwei T. vom sogenannten Ministerium für Tugend hier, sie wollten mir diese kleinen Skulpturen nehmen. Nur weil es Frauenkörper sind. Aber auf den Mund gefallen bin ich zum Glück noch nicht, als Journalist darfst du das niemals sein. Sie haben mir die Skulpturen also gelassen, es ist mein Eigentum. Nur im Schaufenster ausstellen, darf ich sie nicht mehr. Hier, greif gerne zu. Kinder kommen selten, aber kein Laden, finde ich, sollte ohne Bonbons auf dem Tresen sein. Es gibt Dinge, die sollten wir uns von niemandem nehmen lassen."

    4. {Hamburg 2022}
    Ich beobachte eine Taube, deren Gangbild erstaunlich unverändert ist – obwohl anstatt der kurzen Krallen am Ende des linken Beines nur eine Art Klumpen ist. Sie scheint sich mit ihrem fehlenden Fuß arrangiert zu haben, geschäftig auf der Suche nach Essen. Und ich? Auf der

Suche nach was bin ich? Mein Blick zieht also fort von der Taube und dem leichten Schimmer zwischen dem Grau ihrer Federn und landet bei der Reklame des Unterwäsche-Geschäfts. Obwohl es mir schaudert bei der offensichtlichen Ausstellung der weiblichen Schönheitsideale - Normen, von denen ich mich befallen fühle wie von Krätze – steure ich auf den Laden zu. Angenehmes Licht hüllt mich im Inneren ein. Die Verkäuferin lässt mich zum Glück in Ruhe. Ich fahre mit den Fingern über die Reihen weichen Stoffes und hauchdünner Spitze. Ein Seitenblick verspricht ein Angebot; mehr Slips zu kaufen, ließe mich sparen. Natürlich weiß ich, dass diese Lügen zu einem System gehören. Ein System, in dem die einzige Lösung Wachstum heißt, die einzige Handlungsoption scheinbar im Konsum liegt. Und heute, oder zumindest in diesem Moment, habe ich Lust, diese Lügen zu glauben. Ich möchte glauben, dass ich spare bei dem vierten Slip. Ich möchte Farbvielfalt ausschöpfen, vielleicht ein Lavendel Pastell. Ich möchte mir diesen Hauch einer Kleidung, den ich hübsch finde, gönnen. Ich möchte mich trösten.

5. {Kandahar 2022}

„Du siehst, dass es schwarz ist hier im Park? Genau schwarz oder dunkelblau. Jetzt ist er nur für Frauen geöffnet. Ich darf nicht zu lange hinsehen, keine Provokation. Die Körper der Frauen sollen nicht erkennbar sein, die Stoffe weit. Ihre Gesichtszüge auch nicht, keine Provokation.

Aber das Ministerium der Tugend sagt, es bestrafe nicht. Es verteilt Ratschläge. Als Erstes. Dann wiederholen sie ihren Rat. Es folgt eine schriftliche Erläuterung der Sünde. Sie sagen, sie halten Menschen 48 Stunden lang fest, aber sie bestrafen nicht, sondern zuständig ist das Gericht. Sie sagen vieles, Menschen, die anderes gesagt haben, sind zum Schweigen gebracht worden oder geflohen. Komm, fahren wir zu mir, Mariam hat etwas für dich gekocht. "

6. {Uelzen 1944}

Ein Blick in den Himmel: Reichsverteidigungswetter.

Südlich über Uelzen erwischte er sie; die übrigen Boeing-Pulks von 30 bis 60 Maschinen Stärke.

Es knirschte auf Eisen. Blut gegen Blut, Nerven gegen Nerven. Es galt, wie schon so oft: Man warf alles Äußere, alles Kleinliche über Bord und flog gegen die Stahlwand an. Leuchtspur zischte hageldicht durch die Luft. Man raste mit circa 1200 km/h aufeinander los, klein gegen groß, wenige gegen viele.

Bei seinem Gegner blitzte es an der rechten Fläche zwischen den Motoren auf. Bei ihm gab es auch einen scharfen Knall. Schnell durch den Haufen, umgeschaut, aha, eine Boeing brannte leicht und die von ihm beschossene scherte mit weißer Fahne nach unten aus, ging langsam auf Nord- und dann auf Westkurs.

Was roch denn da so? Benzindämpfe kamen aus dem Rumpf; würde er brennen? Was war getroffen? Er suchte alles eiligst ab, fand nichts, aber es roch weiterhin stark nach verdampftem Benzin; anscheinend war der Tank durchschossen.

Er suchte die Luft ab nach Feindjägern,

bemerkte jedoch nichts. Seine Staffel war zerplatzt, auch sein Kaczmarek war weg. Seine Kraftstoffanzeige ging schnell zurück, wahrscheinlich lief der Sprit aus, er musste irgendwo landen.

Er ging auf Westkurs, hinter seiner Boeing her; vielleicht kriegte er sie vor seiner Notlandung noch runter. 200 l hatte er noch im Tank, brennen schien der Vogel nicht zu wollen – der andere allerdings auch nicht. Also nochmals drauf.

Die Atemmaske ließ er auf, um nicht von den Gasen besinnungslos zu werden. Er konzentrierte sich auf den Heckschützen, den er zuerst erledigen wollte, und eröffnete auf ca. 200 Meter das Feuer. Blei flog hin und her, beim Heckschützen blakten einige Explosionen auf, dann hatte er Hemmungen auf allen Waffen. Fluchend ging er seitlich schiebend weg und zog hoch. Der Heckenschütze war wohl „geblendet". Wenn er nicht tot war, konnte er wenigstens durch seine Panzerscheibe nichts mehr sehen. Er drückte unter dauernder Beobachtung des Luftraumes auf die Knöpfe, lud immer wieder durch und brachte zwei Waffen wieder klar. Spritmenge immer noch 120l. Also auf ein Neues.

Was mochten diese zehn Mann vor ihm wohl ausstehen? Es war nicht einfach, einsam so weit über Feindesland zu hängen und von einem angriffslustigen feindlichen Jäger bedrängt zu sein.

Dasselbe Manöver wie vorhin; nach einigen Schüssen hatte er wieder Ladehemmung, war ganz nahe, bekam Treffer vom Turmschützen. Der Bursche passte verflucht gut auf, hartnäckig, kaltblütig und zäh.

Dritter Versuch, die Waffen taten es wieder. Ein paar Schuss, aus. Da hatte er schon wieder einen Treffer weg. Die Stirn wurde ihm feucht. Zum vierten Male ran, er hatte noch 100 l. Noch ein Angriff, noch ein Treffer vom Turmschützen. Immer noch keine Feindjäger. Durchgeladen, Probeschuss, es ging. Zum fünften Male ran. Ganz nahe und dann erst gedrückt halten, circa zehn Schuss. Abgang, diesmal ohne dass er getroffen wurde. Feinjäger? Nichts Boeing? Aha endlich! Sie brannte aus der linken Flanke und fing an zu spiralen.

Eigentlich musste er sich jetzt einen Platz suchen, wollte den Aufschlag aber noch sehen und ging mit runter. Vier Pilze, vier Mann baumelten am Fallschirm.

Wie lange das dauerte, bis der Vogel unten war. Besorgt blickte er auf den Benzinstand. Immer noch knapp 100l , also noch 10 bis 15 Minuten Flugzeit – wenn nichts mehr auslief. Nach circa zehn Runden sah er dann plötzlich den Schatten der wahrscheinlich steuerlos fliegenden Boeing am Boden, jetzt rutschte sie in einen dünnbepflanzten Wald rein, im selben Moment wurden Flammen leuchtend hell zur Stichflamme. Qualmwolken, Aufschlagbrand.

Jetzt dachte er wieder an sich. Wohin?

7.   {Kandahar 2022}

„Karzei hat eine Rede gehalten, bei der Fertigstellung dieses Straßennetzes. Es ist ein Aufbruch in andere Zeiten, sagte er damals. Ein Aufbruch, das war es vielleicht, nur nicht in dem Sinne unserer Wünsche. Vielleicht sagt Karzei dir nichts, der ehemalige Präsident? Du kennst dich nicht aus mit der Geschichte dieses Landes? Nein, das ist in Ordnung. Es ist weit weg. Die Krisen sind weit weg von euch. Aber zur Ringroad. Es sind nicht nur Straßen, verstehst du? Es war die Verbindungslinie, es half zur Einheit der Nation. 2200 Kilometer, von vielen Distanzen hat man ja keine Vorstellung. Es waren wie Adern, verstehst du? Sie haben Tumore gestreut in eben diese Adern. So wurde es die gefährlichste Straße.

Heute ist Diplomatie der Terror von gestern.

Das hast du mitbekommen, Friedensverhandlungen, es wurde getagt. Alle sollten an einen Tisch. Und so viele Menschen werden vergessen. Ich habe es gut mit diesem Laden, verstehst du? Viele verkaufen keine Kunst, sie verkaufen ihre Körperteile. Amputation kann den Tod von Familienmitgliedern verhindern. Ein Bein oder eine Niere, du musst wissen, das ist Geld."

8. {Hamburg 2022}

Mein Handy leuchtet im Dunkeln auf, in regelmäßigen Abständen. Liveticker hatten doch früher nur Fußballfanatiker, die ich nicht ernst genommen habe. Heute sind es Liveticker vom Krieg. Ich bin erschöpft von der tiefziehenden Spirale. Ich sehne mich nach Dunkelheit statt aufflammender greller Berichterstattung, die doch notwendig ist.

Aber jetzt ist Zeit, aufzustehen. Ausnahmsweise nicht zum pflichtschuldigen Kaffee vor der Arbeit, sondern um letzte Sachen zu packen, bevor ich abgeholt werde. Die Emaille-Tasse, fest geklickt mit Karabiner am Rucksack baumelnd, sieht aus wie verdinglichte Vorfreude. Da klingeln sie, meine beiden Freundinnen, wuschelige Locken mit Bauchtaschen umgeschnallt. Wir nehmen unsere Fahrräder mit in den Zug. Sitzen auf dem Boden im Fahrradabteil und machen es uns bequem. Regenschnüre fächern sich durch die Geschwindigkeit am Zugfenster auf, aber wir sind guter Dinge, dass diese Schauer bald vergehen. Für zwei Nächte nur wollen wir ein Wanderinnenleben haben. Ohne mobile Daten, außer höchstens für Google Maps. Ich verteile Reisekekse als Stärkung, bevor wir unsere Fahrräder die Bahnhoftreppen hinunter und wieder hinauf tragen müssen.

Dann sind wir endlich auf der Landstraße. Samtig wogen die Spitzen der Ähren im Wind, rechts und links von uns. Kornblumen und Mohn schmücken unseren Wegesrand und würden nirgends so schön aussehen, wie genau dort. Ein gelbes Dorfschild lockt schon hinter der Kurve. Alte Höfe, alter Klinker-Backstein. Wir sind auf der Suche nach Kaffee, vielleicht eine Ausstellung, wollen uns treiben lassen, zufrieden zu dritt. Kurz nacheinander streifen unsere Blicke das gleiche Objekt, werden angezogen und abgestoßen zugleich. Eben im Zug hatten wir noch darüber diskutiert, ob die Deutschlandflagge, die wir vorbeifahrend in einem Kleingarten gesehen hatten, mit dem Reichsadler drauf, schon illegal sei. Hier ist es ein klarer Fall: kein Schwarz Gold Rot, unter dem sich Meinungsschlunde auftun können, sondern unverhohlen flackert sie uns entgegen: die Flagge in Schwarz, Weiß, Rot. Verunsichert bringen wir unsere Fahrräder zum Stehen, meines ist alt, die Bremse quietscht. Gerade eben war dieses Dorf doch noch Projektion für unsere harmonischen Zukunftsutopien. Sie zerspringen beim Anblick der Reichsbürgerflagge. In dem Haus schlägt ein Hund an. An dem Briefkasten erkenne ich einen Sticker. Die Sonne kenne ich aus dieser Region, aber es ist eine abgewandelte Version. Denn der Sticker sagt nicht „Atomkraft nein danke", sondern unter der Sonne steht „Reichsverteidigungswetter".

Die vermutlich erste interdimensionale

Entführung des Multiversums

Ronja Ladewig

Die Stille in dem dutzende Meter unter dem Erdboden versteckten Labor war immer eine seiner charakteristischsten Eigenschaften gewesen. Selbst wenn Elsa und Daniel an der Maschine gearbeitet hatten, war ihr Hämmern, Schweißen, Fluchen, wann immer einer von ihnen etwas hatte fallen lassen, und jeglicher andere Arbeitslärm nichts als ein Eindringling in diesen stummen Ort gewesen. Doch heute war es das Labor selbst, das vor Energie brummte. Noch war das Geräusch leise, doch es wuchs langsam, aber stetig, in seiner Intensität an. Und obwohl die Gruppe junger Wissenschaftler geglaubt hätte, dass sich das falsch anfühlen müsste, tat es das nicht.

Die vier jungen Erwachsenen, die seit ihrer Kindheit beste Freunde gewesen waren, saßen um einen Plastik-Campingtisch auf vier einfachen Plastikstühlen. Die Garnitur sah absolut fehl am Platz aus in der hochmodernen, technischen Umgebung des Labors, doch das störte niemanden von den Vieren.

Melanie summte leise vor sich hin, ihr

Fingernagel klickte auf dem Tisch im Rhythmus des fast unhörbar leisen Tickens des Reaktors in der Maschine, die hinter ihr langsam hochfuhr. Seit sie das Plastikshotglas vor sich abgestellt hatte, hatte sie es keines Blickes mehr gewürdigt.

„Zehn Jahre", sagte Daniel, seine Stimme ungläubig. „Zehn Jahre haben wir daran gearbeitet. Kaum zu glauben, dass es heute so weit ist."

„Es wurde langsam Zeit." Elsa schmunzelte. „Zehn Jahre. Wird sie uns überhaupt wiedererkennen?"

Melanie blickte nicht von dem Notizbuch auf, das sie vor sich ausgebreitet hatte. „Schwer zu sagen. Sie wird weitergelebt haben. Und wir ebenfalls. Die anderen wir. Möglicherweise sind sie noch in Kontakt. Wer weiß."

„Und wer weiß, wie sehr wir ihnen ähneln." Sarahs Plastikglas war als einziges aus der Gruppe noch leer. Sie hatte es mit einem Finger auf seiner Kante gekippt und drehte es wie einen Kreisel um seine eigene Achse. Ihre andere Hand lag, wie so oft in jüngster Zeit, auf ihrem Bauch. „Wir haben immerhin die letzten zehn Jahre unserer Leben damit verbracht, auf diesen einen Moment hinzuarbeiten. Die anderen werden das nicht getan haben. Sie werden ihre Leben ganz normal verbracht haben, wie wir es getan hätten, wenn wir sie nicht verloren hätten."

„Es ist ja nicht so, als hätten wir unsere Leben anderweitig auf Eis gelegt", erwiderte Elsa. Sie hielt einen Stressball in einer Hand und knetete ihn in einem langsamen, gleichmäßigen Rhythmus. „Sarah, du bist verheiratet. Daniel, du lebst jetzt als Mann. Melanie, du…"

Melanie schmunzelte und sah Elsa durch ihre dicken Brillengläser amüsiert an. „Mich gibt's auch noch", schlug sie vor.

„Trotzdem", beharrte Sarah. „Unsere Leben wären anders verlaufen. Daniel wollte Pilot werden. Melanie wäre mit Sicherheit irgendeine verstaubte Uni-Mathematikerin geworden. Ich hätte die Farm meiner Eltern übernommen."

„Nur du hattest wahrscheinlich trotzdem nur Maschinen gebaut. Wenn auch weniger beeindruckende." Daniel deutete mit seinem Shotglas auf Elsa, die darauf lediglich zustimmend nickte.

Die Aufmerksamkeit der gesamten Gruppe schnellte zu Melanie, als diese unerwartet den Takt änderte, in dem sie mit ihrem Fingernagel klickte, etwas schneller als zuvor. „Der Reaktor beschleunigt sich. Es wird nicht mehr lange dauern", erklärte sie.

„Wie lange?"

„Ein paar Minuten. Lange genug, um endlich einmal anzustoßen."

Daniel grinste breit. „Wir haben es uns verdient." Seine Augen wanderten zu Sarah, die wortlos in ihren Rucksack griff und eine Flasche Ginger Ale herauszog. Melanie verzog das Gesicht, doch sagte nichts, als Sarah ihr Shotglas damit füllte.

„Zehn Jahre", sagte Elsa erneut. „Die letzten zehn Jahre haben auf diesen einen Moment hingeführt."

„Mehr als die letzten zehn Jahre", sagte Sarah. „Kim ist vor zehn Jahren gestorben, aber unsere Geschichte zusammen hat viel früher begonnen."

„Ich habe sie kennengelernt, als ich fünf Jahre

alt war", sagte Daniel. „Keine vierundzwanzig Stunden später waren wir beste Freunde." Er räusperte sich und für einen Moment war Elsa sicher, Tränen in seinen Augen glitzern zu sehen.

„Zwanzig Jahre, dann", sagte sie. „Die letzten zwanzig Jahre haben uns zu diesem Augenblick geführt. Es fühlt sich an, als verlangte dieser Moment nach etwas Großem. Ein Feuerwerk. Eine Rede."

„Sarah?"

Ihre Augen wanderten zu Melanie und ihr Mund verzog sich. „Warum ich?"

„Weil wir alle schreckliche Nerds sind, die die letzten Jahre in einem dunklen Kellerloch verbracht haben."

„Ich auch."

Daniel lachte. „Stimmt. Aber du hast es auch geschafft, dir einen Mann zu angeln und du hast ein Kind auf dem Weg. Wenn irgendjemand von uns genug soziales Talent haben sollte, um ein paar nette Worte zusammenzukratzen, dann bist das du."

Sarah sah nicht überzeugt aus. Unsicher hob sie ihr Glas an. „Auf Kim", begann sie zögerlich. „Auf das schmächtige, blonde Mädchen, das ihre Nase kaum lange genug aus ihren Büchern ziehen konnte, um dumme, kleine Abenteuer mit uns zu erleben."

„Auf Kim", fügte Elsa hinzu, ihre Stimme fester als Sarahs. „Auf die beste Freundin, die wir uns hätten wünschen können und die Besseres verdient hat als das, was sie bekommen hat."

„Auf Kim." Daniels Stimme zitterte, doch er zwang sich, laut und deutlich zu sprechen. „Auf den besten Menschen, der je gelebt hat. Dein

Leben war tragisch kurz, meine kleine Ratte, aber es hat so viele Menschen berührt. Nicht zuletzt meins."

Drei Paar Augen wanderten zu Melanie. Sie hatte Kim die kürzeste Zeit vor ihrem Tod gekannt, nur ein paar Monate. Aber selbst sie hatte Kim schnell in ihr Herz geschlossen und die beiden waren schnell gute Freunde geworden. „Auf uns. Auf vier verrückte Wissenschaftler, die bereit sind, die Mauern der Realität einzureißen, in neue Realitäten aufzubrechen und die vermutlich erste interdimensionale Entführung des Multiversums zu versuchen, nur um Daniels erste große Liebe zurückzubekommen."

„Hey!", protestierte Daniel, doch seine Lippen waren zu einem Lächeln gekräuselt.

Melanie deutete ein Schütteln ihres Kopfes an, um seinen Protest zu beenden. „Und auf Kim, die all das wert ist."

Die vier Freunde stießen ihre Gläser zusammen und tranken ihre Shots. Elsa begann sofort zu husten und wandte ihren Blick zu Melanie. „Das ist der wahrscheinlich wichtigste Tag deines Lebens und du kaufst zum Anstoßen trotzdem den billigsten Fusel, den du finden kannst?"

„Nicht ganz den billigsten", grinste Melanie, die ihr Glas sofort wieder auffüllte und dann das Gleiche mit Daniels und Elsas tat. „Der billigste hatte zu wenige Prozente für meinen Geschmack."

„Wir sind wirklich verrückt, oder?", fragte Daniel, bevor er sein zweites Glas trank. „Ich meine, es ist Entführung, was wir vorhaben, oder?"

„Zweifellos", erwiderte Melanie ungerührt.

„Außer natürlich, wir bekommen ihre Erlaubnis, sie mitzunehmen. Aber wir werden nur Stunden haben, bevor das Portal zusammenbricht und wir, wenn wir dann nicht wieder zurück sind, dort gefangen sein werden. Kaum genug Zeit, um es ausführlich mit Kim zu diskutieren. Wir werden einfach hoffen müssen, dass sie uns vergeben wird, nachdem sie in einem anderen Universum aufwacht." Sie alle wussten, dass sie dank ihrer Forschung der letzten Jahre theoretisch in der Lage sein sollten, ein neues Portal zu bauen, aber es würde keine Möglichkeit geben, in genau diese Welt zurückzufinden, sollte das originale Portal mit ihnen auf der falschen Seite verschwinden.

„Das wird sie besser", sagte Daniel. „Nach all der Mühe, die wir uns hier für sie machen."

Das Klicken von Melanies Finger auf der Plastik-Tischplatte beschleunigte sich noch einmal. „Es ist fast so weit", erklärte sie, bevor sie ihr Glas noch einmal leerte. Sie lehnte sich zurück und, fast schon zögerlich, gab ihr Klicken auf. „Habt ihr Briefe geschrieben?"

„Briefe?", fragte Daniel.

„Ja", erwiderte Sarah. „An meinen Mann. Und meine Eltern. Sie liegen in meinem Büro. Wenn alles nach Plan verläuft und wir rechtzeitig zurückkommen, kann ich sie wegwerfen, bevor jemand sie jemals sehen wird. Wenn nicht, werden sie sie dort finden."

„Es liegt ein Brief für meine Eltern in meiner Wohnung", sagte Elsa.

Melanie nickte, sagte selbst aber nichts.

Ein Flackern in seinem Augenwinkel ließ Daniel aufspringen. Dass er sich dabei den Inhalt seines

Shotglases über den Ärmel schüttelte, bemerkte er gar nicht.

„Ist es so weit?", fragte Elsa. Sie drehte den Kopf und sah über ihre Schulter zurück auf die Maschine, gerade noch rechtzeitig, um ein zweites Flackern über ihrer Plattform zu sehen.

Alle vier wandten sich der Maschine nun zu und beobachteten, wie das Flackern heller wurde und wie jede Erscheinung länger andauerte als die vorherige. Keine Minute später stabilisierte sich der Anblick. In der Luft über der Plattform schwebte etwas, das aussah wie ein Spiegel oder die vertikale Oberfläche eines klaren Sees, umrahmt von weißem Licht. Der Raum, der sich hinter dieser Scheibe erstreckte, war derselbe, in dem sich auch dieses Labor befand, doch die Maschine war dort nicht zu sehen. Stattdessen stand er vollständig leer. Es war Sarah, die sich als Erste wieder bewegte. Eine Hand noch immer auf ihrem Bauch liegend, stand sie auf und trat auf die vertikale Oberfläche zu. Sie machte vor ihr Schritte nach links und rechts und blickte durch sie hindurch. Dann trat sie um die Plattform herum und, sobald sie sich hinter der Oberfläche befand, verschwand sie aus der Sicht ihrer Freunde.

„Es sieht alles richtig aus", sagte sie, als sie auf der anderen Seite wieder sichtbar wurde. „Ein Portal in eine andere Version dieses Raumes. Und eine, in der wir nicht diese Maschine gebaut haben."

„Was wohl bedeutet, dass Kim nicht gestorben ist und wir nicht die Hälfte unserer Leben darauf verwandt haben, sie zurückzubekommen."

Melanie sah Daniel an. „Oder, dass wir einen

anderen Raum dafür gemietet haben."

„Wir können das hier diskutieren oder wir können einfach in die neue Welt aufbrechen", erklärte Elsa. „Wir haben nicht viel Zeit. Vielleicht finden wir Kim hier und können sie zurückbringen. Vielleicht müssen wir ohne sie zurückkommen und es in einer anderen Welt nochmal versuchen."

„Und vielleicht schaffen wir es nicht rechtzeitig zurück und werden für immer dort gefangen sein."

„Optimistisch wie immer, Melanie." Elsa lächelte und hielt ihrer Freundin die Hand hin.

Melanie ergriff sie, dann nahm sie Daniels Hand auf der anderen Seite, während Elsa mit ihrer freien Hand Sarahs ergriff. Gemeinsam schritten sie alle auf die schimmernde Oberfläche zu und stoppten nur Zentimeter von dieser entfernt. „Als Erkunder und Eroberer die Weltmeere bereisten, war das alles andere als sicher. Es war nicht sicher, auf dem Mond zu landen. Wieso sollte diese Mission anders sein?" Keiner ihrer Freunde wusste darauf etwas zu antworten. Dennoch zögerten sie alle. Niemand wagte es, den ersten Schritt in eine neue Welt zu machen.

Schließlich atmete Daniel tief ein. Er schloss seine Augen und sagte: „Für Kim."

Als er einen Schritt nach vorne machte, zögerte niemand, ihm zu folgen.

Flackern

Maurice Matthijs Oettel

1.

Als ich in dieses Gesicht blickte, fühlte ich nichts. Überhaupt gar nichts! Das ist durchaus verwunderlich, denn so eine verprügelte Fresse hatte ich noch nie vorher gesehen. Das linke Auge hing labbrig herunter und wurde von einer matschig tief-roten Prellung geziert, die sich wie eine Hängematte von Augenanfang zum Augenende schwang. Das rechte Auge hingegen war beinahe komplett zugeschwollen. Eine feuchte lila Schwellung verdeckte wie ein pulsierender bösartiger Tumor das Sehorgan. Nur noch ein kleiner Schlitz ließ erahnen, dass da irgendwo noch ein Auge sein müsste. Die linke Oberlippe war aufgeplatzt. Ein Rinnsal von Blut entsprang der bereits teilweise verkrusteten Wunde, schlängelte sich entlang der Lippe und floss vom Mundwinkel Richtung Kinn. Die Stirn wurde durch eine enorme Beule geschmückt. Schon beim Anblick dieses schillernd blauen Hügels konnte man den pochenden Schmerz nachempfinden. Die Nase wiederum war krummer, als sie sein sollte. Die Haut gab ihr Bestes, um den Knochen zu bändigen, der offensichtlich den Weg nach draußen suchte. Die Stelle, an der sich Haut über gebrochenes Nasenbein spannte, hatte einen ungesunden gelben Ton. Es war eine Frage der Zeit, bis sich auch hier eine pochende lila-blaue Prellung formen würde. Diese Maske des Elends schimmerte in allen Farben des Regenbogens. Ein Gesicht, das ohne Probleme das Maskottchen des Christopher-Street-Day hätte sein können. Schon eigenartig, dass ich bei diesem Anblick nichts spüre. Weder Mitleid, noch Sorge, noch Liebe. Dabei hätte dieser Mensch all dies wahrscheinlich verdient. Wobei ich mir unsicher bin, ob das, was mir gegenübersteht, überhaupt noch als Mensch bezeichnet werden kann. Es scheint vielmehr so, als hätte es bereits alles Menschliche hinter sich gelassen oder als wäre es niemals überhaupt erst menschlich gewesen. Schon immer fehl am Platz. Gefangen in der kosmischen Absurdität der Erde. Für alle Ewigkeit. Ein Alien.

2.

Bereits als es heute aufwachte, hatte es wieder dieses Gefühl. Dieses Gefühl, als würde etwas ganz Grundlegendes nicht stimmen. Was genau es war, blieb immer unklar. Klar war nur, dass irgendetwas komisch war. Als hätte sich der Lauf der Erde geändert, als wären plötzlich alle Atome ausgetauscht oder als ob die Realität über Nacht einfach eine andere geworden wäre. Symptomatisch für diesen Zustand war das Gefühl der aufgewühlten Leere in der Magengrube. Es fühlte sich ein bisschen so an, als würden gierige Finger nervös in den Eingeweiden pulen, um dort noch das letzte Körnchen Selbst zu finden und zu entwenden. Es fühlte sich aber bereits so, als würde kein Selbst mehr da sein. Als würde es bereits alles verloren haben und nun nur noch fremd in dieser Welt sein.

Es teilte sich das Bett mit einer Frau. Sie lag noch schlafend da, ihr schmaler Brustkorb hob sich immer wieder langsam mit langen, sanften Atemzügen. Ihr bräunlich-rotes Haar lag ihr in Strähnen über dem Gesicht, ihr Mund war leicht geöffnet, der Lippenstift verschmiert. Die Decke verhüllte ihren nackten Körper beinahe komplett, aber ließ ihre Kurven, Rundungen und Tätowierungen erahnen. Sie war schön, wenn nicht sogar wunderschön. Es wunderte sich, wieso sich ein solch schöner Mensch auf ein Alien wie ihn eingelassen hat. Ohne Verständnis dafür, versuchte es sich daran zu erinnern, wieso sie nun mit im Bett lag. Gestern Nacht waren sie sich begegnet. Es war verloren und sie war auf der Suche. Gegensätze ziehen sich an und scheinbar dann auch aus. Doch es fragte sich, ob sich Gegensätze auch miteinander addieren lassen, um ein gemeinsames Ergebnis zu erhalten. Aus verloren und suchend könnte gefunden werden. Es lachte innerlich über diese kitschig schmierigen Gedanken und wusste eindeutig, dass nichts außer kurzweiliger Erlösung in vorübergehender Ekstase gefunden wurde. Mehr war zwischen Menschen und Aliens nicht möglich. Das war Gesetz und es galt sich daran zu halten.

Als sie endlich langsam erwachte, schaute sie lang und bedächtig in dieses grübelnde Gesicht. Es konnte aufrichtige Zuneigung in ihren Augen erkennen und war davon angewidert. Sie trat die fundamentalen Gesetze mit Füßen. Sie wollte gerne noch etwas bleiben, doch es wollte sie nur noch so schnell wie möglich loswerden. Es erfand Vorwände. Als sie endlich in der Wohnungstür stand, in Begriff zu gehen, schaute sie es noch einmal an. Wieder blitzte so etwas wie Zuneigung auf. Sie sagte ‚Bis bald!‘, es sagte ‚Tschüss!‘. Eine Tür wird für immer verschlossen.

3.

Nun war es wieder allein mit den gierigen Fingern, die immer noch nervös in den Eingeweiden pulten. Das damit einhergehende Gefühl der Fremdheit brach mit einer zentnerschweren Wucht wie eine Nazaré-Monster-Welle über ihn ein. Es hatte nie gelernt, damit umzugehen. Es hatte nie gelernt, mit der Angst zu leben, sich der Welle entgegenzustellen, ein Brett zu schnappen und die Naturgewalt zu bändigen, sie zu reiten. Anstatt aus diesem Gefühl Schlüsse zu ziehen, zog es lieber weiße Linien und Korken aus großen Flaschen mit berauschendem Inhalt. Unwissentlich versorgte es damit das Karussell mit neuem Treibstoff und machte sich bereit auf eine weitere wilde Runde voller verschwommener Bilder, verzerrter Gesichter und schrillen Tönen. In der widersprüchlichen Hoffnung, dass das Karussell doch irgendwann mal anhält und es aussteigen kann. Es endlich frei sein kann von Fingern, Wellen und schönen Frauen, die die Gesetze nicht befolgen. Manchmal stellt es sich vor, wie es wohl wäre, auf andere Aliens zu treffen. In der Vorstellung müsste es dann kein definitives ‚Tschüss‘ mehr aussprechen und keine Türen mehr für immer verschließen.

Doch was bringen diese Gedanken, wenn das

Karussell einen mitreißt? Wenn der Kampf gegen die Drehung nur für Schwindel sorgt? Nichts! Es gibt sich also dem Drehen hin, lässt sich treiben. Konsum steht vor Konsequenz. Rausch steht vor Reflexion. Verloren. Schon vor langer Zeit bei den Fundsachen abgegeben, aber irgendwie kommt niemand, um es zu holen. Ohne eine leise Ahnung davon, woher es kam und wohin es geht, macht es sich auf den Weg. Durch die Straßen, in denen es früher mal zuhause war. Heute ist es nur noch zu Besuch. Es wohnt dort nicht mehr, lebt dort nicht mehr, doch trotzdem ist es immer noch da. An jeder Ecke, in jeder Gasse, im Park, unter der Brücke, in den Schlangen vor den Clubs und in den Herzen schöner Frauen, die sich nicht an die Gesetze halten. Überall hält es sich auf. Überall hat es Teile von sich verloren. Überall haben gierige Finger zugegriffen. Es hat sich alles verändert. Also alles beim Alten!

Es ist unfähig, sich zu wehren. Es lässt sich verschlucken, in der Hoffnung so zu enden wie Jonah. Doch es ist weit und breit kein gottgesandter Fisch zu sehen, der ihn zu seiner Bestimmung bringt. Es gibt nur Rausch. Von diesem vollständig verschluckt, taumelte es erneut durch die Nacht. Flaschen, Pillen, Tüten. Endlich tritt die Taubheit ein. Die gierigen Finger machen der Leere Platz. Wie immer versucht es krampfhaft, diese Leere nun mit etwas Besserem zu füllen. Doch Rausch, Lust, Ekstase und Dopaminlawinen können keine nachhaltige Füllung sein. Bei der kleinsten kritischen Betrachtung zeigen sie ihre Ungeeignetheit. Die unfüllbare Leere liegt schwer auf den Schultern. Es stolpert. Es fällt. Erneut. Und wie jedes Mal noch ein Stücken tiefer als zuvor.

Es verflucht die Nacht, schreit ihr ins Gesicht, versucht Verantwortung wegzuschieben, eigene Unzulänglichkeit unter Anschuldigung zu begraben. Doch die Nacht ist niemand, mit der man sich anlegen sollte. Sie packt es beim Kragen, umhüllt es mit fester Ausweglosigkeit. Düstere Schläge treffen auf Körperteile. Wenn es keine gierigen Finger mehr haben möchte, dann bekommt es eben deftige Fäuste. Haut reißt, Lippen platzen, Blut fließt, Knochen knacken und Zungen schreien. Doch die Taubheit bleibt. Noch. Der Boden klebt. Es kann nur tanzende Füße sehen. Sie trampeln und stampfen. Es rappelt sich mühsam auf. Taumelt auf wackligen Knien durch Strobolicht und Bassgewitter hin zur Toilette. Endstation Sehnsucht.

4.

Ich drehe mich um. Kehre dieser Kreatur den Rücken zu. Am liebsten würde ich sie zurücklassen. Auf alle Ewigkeit gebannt in die Silberlegierung an der Wand dieses schäbigen Disco-Klos. Doch auch nach 180 Grad ist sie noch bei mir, ist sie immer noch ich. Daran wird sich auch so schnell nichts ändern. Ich schaue nochmal in den Spiegel. Die Nase muss gerichtet werden. Ich lege meine Finger auf das schiefe Stück Nasenbein, atme ein, halte die Luft an und versuche ruckartig, aus krumm wieder gerade zu machen. Alkohol und Testosteron verhindern Schmerzen. Nur dieses abartige knirschende Knacken zieht durch die dumpfe, leere 50.000 km² große Lagerhalle auf meinen Schultern. Das Licht zittert. Dumpfe Bässe lassen den Boden leicht beben. Es riecht nach Pisse und Kotze. Ich schaue in meine Regenbogen-Fresse und frage mich, wie es weiter gehen soll. Plötzlich überkommt mich das Bedürfnis, hier alles zu zerkloppen. *„Rage, rage against the dying of the light!"* Ob Dylan Thomas wohl einen regenbogengesichtigen Typen auf einer schäbigen Toilette eines Techno-Schuppens im Kopf hatte, als er diese Zeilen geschrieben hat? Wahrscheinlich nicht. Ich brauche einen Drink. Impulskontrolle und Sedativum in einem. Blitze um mich herum bringen mich ins Taumeln. Der lose von der Decke baumelnde Halogenstab hängt nur noch an einem letzten mickrigen Kabel mit Wackelkontakt. Mit jeder Welle der Bassmaschinerie flackert das Licht. Jeder kleine Stein im Weg lässt es erlöschen. Immer und immer und immer und immer wieder. Doch es gibt nicht auf. Dieses kack Licht weiß nicht, wann es vorbei ist, es möchte sich die Niederlage einfach nicht eingestehen. Trotz der widrigen Umstände weigert es sich, aufzugeben. Wenn ein beschissener Halogenstab in einem versifften Disco-Klo das kann, dann kann ich das auch. Ein letzter Blick in den Spiegel. Das Alien ist noch da. Was soll's. Ich mache mich auf. Auf zurück in die Nacht, die mich schon so zugerichtet hat. Ich stelle mich den gierigen Fingern und den Nazaré-Monster-Wellen. Dieses Licht wird nicht sterben. Auch wenn es nur für ein lächerliches Flackern reicht.

Die Lieder der Wale

Elisabeth Palucki

Blauwale können eine Körperlänge von bis zu 33 Metern und eine Körpermasse von bis zu 200 Tonnen erreichen. Das ist unglaublich, unglaublich groß, so groß, dass ein elfjähriger Junge es sich vor seinem inneren Auge kaum vorstellen kann.

Als Lino und Amaro sich auf den Weg nach Hause in San Francisco machten, also nicht die große Stadt San Francisco, sondern ein kleines Fischerdorf an der galizischen Küste, das den gleichen Namen trägt, fuhren sie mit ihren Fahrrädern am Meer vorbei.

„Mein Papa nimmt mich heute zum Angeln mit", sagte Amaro.

„Cool", antwortete Lino.

Der große Wal machte sich auf. Seine graue Rückenflosse streifte den Horizont, als er sich kurz aus dem Wasser bewegte, um etwas Luft zu holen. Auf ihm zerbrach klirrend eine Eisscholle. Lange genug hatte er in der Kälte gelebt, es war Zeit, sich auf den Weg ins Warme zu machen. Schließlich brauchte auch ein Wal mal wohlige Wärme, und auch, wenn sein dicker Speckpanzer ihn schützte

– er konnte sich schlecht mit einem Kakao an den Kamin setzten. Es war Zeit, den Ort aufzusuchen, den schon seine Vorfahren besucht hatten, und an den frühere Walgenerationen tausend Mal zurückgekehrt waren. Sie waren so unzählige Male dort gewesen, dass die Navigation sich schon im Mutterleib in sein Gehirn eingebrannt hatte, und die Weisen sagten, dieses Mal sei der Ort, der früher so schön war und dann so schrecklich wurde, wieder sicher für sie.

Als Lino von der Schule nach Hause kam, sah er etwas, das auf andere Kinder vielleicht erschreckend gewirkt hätte, für ihn aber zum normalen Leben dazugehörte. Sein Vater stand mit gepackten Koffern vor dem kleinen, gedrungenen Haus seiner Eltern. Lino schob sein Fahrrad den Bürgersteig entlang und lehnte es an die Hauswand neben der Wäscheleine, an der eine mit Heiligenbildern bedruckte Decke hing.

Linos Vater schaute ihn schuldbewusst an. „Ich geh' jetzt nach Barcelona, Lino", sagte er dann und Lino meinte, etwas Hilflosigkeit in seinem Blick zu erkennen. „Ich werd' dir schreiben. Viel. Ich versprech's."

Lino hatte diesen Moment schon tausende Male erlebt. Eigentlich waren es erst drei Male gewesen, aber wenn man nur etwa elf Jahre alt ist, ist alles, was sich wiederholt, schon tausendmal geschehen. Lino machte einen großen Schritt auf seinen Vater zu und umarmte ihn, hielt ihn beinahe schon fest. Vielleicht konnte er ihn so, rein physisch, vom Gehen abhalten. Linos Vater strich ihm über den Kopf und ein Auto hielt neben ihnen. Es war ein gelbes Taxi, ein ziemlich alter Ford. „Ich muss jetzt los. Kümmer dich um Mama", sagte Linos Vater, der Rogelio hieß. Niemand wusste, was Rogelio machte, wenn er manchmal für ein paar Monate in die große Stadt verschwand. Aber Lino wusste, dass seine Mutter dann immer erst wütend war und dass sie dann eine Traurigkeit überkam, die das ganze Haus, bis auf Linos Zimmer, in dem zum Glück genug bunte Legosachen standen, schwarz färbte. Lino sagte also nichts und schaute zu, wie sein Vater den Koffer in das Taxi hob. Der alte, schnauzbärtige Fahrer sah müde und genervt aus. Dann brauste er davon, viel zu schnell für die schmalen Kopfsteinpflasterstraßen, Linos Vater schwankend und ohne zu winken auf der Rückbank. Lino überlegte, ob er das Haus seiner Eltern betreten sollte, aber er hatte Angst vor der Schwärze. Also entschloss er sich auch, fortzugehen. Nicht wie sein Vater, für Monate in eine fremde Stadt, sondern nur für ein paar Stunden an den Strand.

Er wollte an den Strand gehen. Er wollte den Sand zwischen den Zehen spüren und er wollte, dass das Meer alle Sorgen, die jetzt an ihm hafteten, wegspülte. Außerdem wollte Amaro mit seinem Vater zum Angeln und vielleicht würde Lino sie ja treffen.

Also schwang er sich auf sein Fahrrad und fuhr über die schmalen kopfsteinbeflasterten Gassen San Franciscos, bis er den Wald erreichte. Da konnte er noch einige Meter fahren, bis der Boden zu sandig wurde und er absteigen musste. Er lief nun, sein kleines rotes Fahrrad neben sich herschiebend, durch den sandigen Wald mit den vielen Fichten und den Zypressen und

Zitronenbäumchen und die Grillen zirpten und die Frösche quakten. Und er hatte ein kleines bisschen das Gefühl, dass sie zu ihm sangen und dass ihr Lied von einem kleinen traurigen Jungen auf dem Weg zum Strand handelte.

Auf einmal wurde das Quaken der Frösche viel lauter. Ein kleiner Bach führte nun an dem Weg entlang, von dem Lino wusste, dass er in einer großen Pfütze, die manche Leute sogar Teich nannten, manche sogar den Froschteich, endete. Lino lief weiter. Vor dem Froschteich stand immer ein großer Felsen, der die perfekte Höhe hatte, um sich daraufzusetzen. Manchmal saß Lino auf diesem Stein und dachte nach. Aber heute ging das nicht. Denn auf dem Stein saß eine sehr alte Frau, die sich auf einen Stock lehnte, und in der Pfütze saßen heute ungefähr hundert Frösche, die alle wild durcheinanderquakten.

„Schönes Konzert, nicht?", sprach die alte Frau, die freundliche dunkle Augen und weiße Haare, die zum Zopf gebunden waren, hatte. „Es gibt nur wenig Tiere, die so schöne Konzerte geben und die Menschen auch noch dazu einladen. Diese Frösche sind darunter. Tatsächlich handelt es sich hier um *Rana iberica*. Die gibt es nur hier und nicht sehr oft. Sie haben einen besonderen Gesang." Sie summte die Froschmelodie mit, was für Lino sehr komisch klang, da sie nur mit geschlossenen Augen und dem Blick einer Maestra zwischendurch Quaktöne in das riesige Durcheinander von Quaktönen einspeiste.

„Außerdem sind da natürlich die Vögel, aber das ist Populärkunst. Aber sehr gefällig, wenn du genau hinhörst, wirst du die Blaumerle bemerken, die schüchtern um uns herumkreist. Aber die schönsten Gesänge, wahre Opernarien im Solo, die singen die Wale. Die Zahnwale, die sind der Sopran, in Tenor und Alt singen die Buckelwale, aber den Bass, den singt der Blauwal. Der gute alte *Balaenoptera musculus*. Und wie! Ich habe schon mal einen Blauwal singen hören. Da war ich hier vorne am Strand tauchen, vor etwa achtzig Jahren. Man muss nämlich tauchen, um sie zu hören, ihre Musik ist exklusiv. Das hab' ich gemacht. Als ganz kleines Mädchen."

Da wusste Lino, dass die Frau etwas verrückt war, denn Wale in Galizien waren ungefähr so wahrscheinlich wie Pinguine am Nordpol. Und Lino hatte bereits gelernt, dass die beanzugten, tollpatschigen Tiere, die er manchmal im Zoo gesehen hatte, die südlichen Breiten bevorzugten.

„So ein Quatsch, hier gibt es keine Wale", sagte Lino unsicher. Schnarrend kicherte die alte Frau.

„Du wirst schon sehen. Ich habe gehört, dass bald wieder einer kommt. Für die Liebe", sagte sie und kicherte wieder. Lino fragte sich, wo die alte Frau das gehört haben wollte.

„Woher wissen Sie das?", fragte er also unsicher.

„Mein Junge, ich bin Biologin, ganz speziell Meeresbiologin", antwortete die Frau, „Dores mein Name, Biologin für alles, aber besonders für das Wasser. Angenehm, angenehm und wie heißt du?"

„Ich bin Lino", antwortete Lino.

„Angenehm, Lino, aber jetzt husch, husch, an den Strand zu deinen Freunden mit dir, die Plauderei hält mich wieder von meiner wichtigen Arbeit ab", zwinkerte Dores, die Biologin, schloss wieder die Augen und summte. Die Frösche schienen sie mit ihren Glubschaugen gebannt anzuschauen.

Lino schleppte sein Fahrrad bis zum Waldrand, dann warf er es hin, es war kein gutes Fahrrad. Er sah aufs Meer hinaus. Ob es wohl wirklich einen Wal geben könnte, hier, am Strand von San Francisco in Galizien?

Der Wal schwamm und schwamm. Er hatte ein Ziel, das war die Wärme, das waren die Gebiete, in die die Wale schon seit Generationen geschwommen waren, um sich zu verlieben. Die Schönheit dieser Orte wurde tradiert, er wusste ganz genau, wie es dort aussehen musste. Majestätisch drehte und wandte er sich im Wasser umher. Er sah dabei aus wie ein spielendes Kind, da er dem Kindesalter auch noch nicht so lange entwachsen war.

Auf einmal sah Lino eine riesige Flosse. Vielleicht hatte die alte Biologin doch Recht. Es könnte definitiv ein Wal sein, dachte Lino. Also rannte er auf das Wasser zu und stürzte sich in die Fluten, um besser sehen und vor allem besser hören zu können. Lino spürte den weichen Sand unter seinen Füßen, als er ins Wasser lief. Die Kälte störte ihn nicht, denn er hatte ja ein Ziel – den Gesang des Wales zu hören, das Konzert, das es nur für ihn zu geben schien, denn Lino hatte den Wal ja entdeckt – also schloss er die Augen und tauchte unter. Unter Wasser aber war es ganz still. Wo war der Wal? Enttäuscht tauchte Lino auf und die Wogen um ihn herum glätteten sich. Was er für eine Walflosse gehalten hatte, war eine Felsformation. Ansonsten nur glatte grüne Weiten und ein paar Fische, die von Linos Anwesenheit gestört wurden, schwammen aufgescheucht davon.

Enttäuscht, triefend nass und langsam ging Lino zum Strand zurück.

Da sah er Amaro und seinen Vater, die gerade in den kleinen schäbigen Fischerkahn, der Amaros Vater gehörte, einsteigen wollten.

„Hey Lino, was machst du denn im Wasser, du alte Krabbe?", lachte Amaros Vater. „Dachte, ich hätte einen Wal gesehen", murmelte Lino. „Wenn hier Wale langkommen würden, wäre es wohl nicht so schwer, sie zu übersehen", scherzte Amaros Vater weiter. Amaro lachte. Lino schämte sich ein bisschen für seine Albernheit, aber dann wurde er trotzig, denn ihn beschlich das Gefühl, dass die alte Frau doch Recht hatte und dass Amaro und sein Vater gar nicht wussten, wovon sie sprachen. Immerhin war Dores Meeresbiologin und machte wichtige Arbeit. „Aber bald wird hier ein Wal vorbeikommen, für die Liebe. Und unter Wasser wird man ihn halt nur am Gesang erkennen", sagte er also.

„Willst du mit uns angeln, Lino?", fragte Amaro. „Nein danke", sagte Lino. „Ich warte auf den Wal."

Der Wal war riesig. Das bemerkte er selbst, als er Kontinente passierte, den weiten Ozean durchzog und immer mal wieder Menschen auf Schiffen begegnete, die erstaunt auf ihn zeigten und riefen. Niemand konnte ihn übersehen.

Als Lino nach Hause kam, machte er ganz langsam die Tür auf und ging ganz langsam hinein, unbewusst vermied er es, Geräusche zu machen. Er hatte immer noch Angst vor der Verfassung seiner Mutter und außerdem könnte es Ärger geben, weil er so lange weg war, ohne Bescheid zu geben.

Sie saß am Küchentisch, über ihr brannte gelbes elektrisches Licht und sie hatte es noch nicht geschafft, weißen Fisch, den sie gebraten hatte, zu essen. Er lag vor ihr auf einem der blau verzierten Porzellanteller, die Linos Eltern zur Hochzeit bekommen hatten.

„Ich dachte, du kommst nach der Schule", sagte Maria, so hieß Linos Mutter nämlich, schwach. „Es gibt Fisch."

„Ich musste an den Strand. Ich war mit Amaro und seinem Vater angeln. Und bald werde ich einen Wal sehen", log Lino, der seine Mutter ablenken wollte. Sie schnaubte einmal kurz. Dann aßen sie Fisch.

Er hatte Familienmitglieder gesehen, seinen Onkel Lundigold, den Dunkelgrauen, seinen Vetter Redelbart, den Gepockten. Sie hatten sich besprochen und sie wussten, an dem alten Ort von früher, da wo die Vorfahren gewesen waren, da würde es wieder schön sein.

Am nächsten Tag wurde Lino von seiner Lehrerin und der ganzen Klasse ausgelacht, als er versuchte, zu erklären, dass er einen Wal sehen würde. Amaro, der sein bester Freund war, betrachtete ausführlich und mit beschämtem Blick seine Federmappe.

„In Galizien gibt es seit Jahrhunderten keine Wale mehr", erklärte seine Lehrerin schnippisch.

„Es ist für sie viel zu kalt geworden hier. Und sie wurden bejagt."

Dann ging es weiter mit dem normalen Mathematikunterricht.

Auf einmal stupste Amaro Lino an. „Ich soll dir das geben", murmelte er. Es war ein kleiner zusammengefalteter Zettel.

Eine Mitschülerin lachte Lino verstohlen an, ohne dass er es bemerkte. Er faltete das Papier auseinander und las: „Ich will auch Wale sehen. Ich glaube, dass die Natur wunderbar ist und dass, wenn Wale sogar am Nordpol wohnen, es wohl kaum zu kalt für sie sein kann."

Es war Antia, die ihn so angelacht hatte, und Lino freute sich ziemlich, weil er wusste, dass Antia im Biologieunterricht die Beste war und sowieso von Tieren die allermeiste Ahnung in der Klasse hatte, weil sie auf einem Bauernhof wohnte. Nach der Stunde war es beschlossene Sache, dass sie mit zum Strand kam, um auf den Wal zu warten.

Schon seit einigen Wochen schwamm der Wal und filterte das Wasser. Er dachte darüber nach, welchen Beinamen er nach dieser Reise wohl bekommen würde.

Antia las jedes Buch, das sie zu Blauwalen, Walen im Allgemeinen und zur galizischen See finden konnte. Sie wusste immer mehr. Einmal, als sie und Lino am Strand waren, fragte sie ihn: „Wusstest du, dass der Blauwal ein Kosmopolit ist? Es gibt ihn auf der Nord- und auf der Südhalbkugel. Ich denke, dass es ihn dann wohl auch in Galizien geben kann."

„Ich wusste nicht mal, was ein Kosmopolit ist", antwortete Lino dann.

„Schade, dass man Wale nicht anfüttern kann", sagte Antia. „Sie brauchen ungefähr dreieinhalb Tonnen Krill am Tag."

Aber sie kamen trotzdem immer wieder. Und manchmal durften sogar alle mit dem kleinen Fischerboot von Amaros Vater umherfahren, auch wenn es dann sehr schwankte. Die Kinder kicherten und der Erwachsene sagte ihnen dann, sie müssten leise sein, um die Fische nicht zu verschrecken.

„Aber wenn unter Wasser immer ein Konzert ist und das die Fische nicht verschreckt, wieso muss man dann an der Wasseroberfläche ruhig sein?", fragte Lino. „Jede Welt hat ihre eigenen Konzerte", antwortete Amaros Vater.

Er sang vor Freude - bald würde er da sein. Bald an dem schönen, warmen Ort, an dem viele bunte kleine Fische und viele bunte Wasserpflanzen herumschwammen und an dem die Sonne wunderbar schien. Endlich raus aus dem ewigen Eis, endlich verliebt sein.

Auch der Lehrerin erzählten Lino und Antia von ihrem Plan, einen Wal zu suchen, doch die schaute sie nur streng an. Das war sowieso das, was sie am meisten machte. Am Nachmittag fuhren sie wieder mit dem Fischerboot von Amaros Vater hinaus. Kein Lüftchen regte sich, das Meer war so ruhig hier draußen, dass das kleine Boot wie auf einem Spiegel schwamm. Auf einmal hörten sie in der Ferne ein lautes Prusten. Lino und Antia sprangen auf. „Der Wal!", riefen sie sofort.

Amaros Vater blickte besorgt. „Ein Sturm könnte aufkommen", sagte er. Doch dann kam kein Sturm. Im Gegenteil - es war ganz still. Alle setzten sich, waren so angespannt, dass man die Luft in dicke Scheiben schneiden konnte.

Ein kleines Boot mit sehr kleinen Menschen hatte sich ihm in den Weg gestellt. Es schaukelte und es war so klein, dass er Angst hatte, es kaputtzumachen. Also schwamm er lieber weit drum herum und sang ein bisschen. Ein Blasloch prustete.

Antia fing an zu schreien. Denn das war augenscheinlich ein Wal und sie schrie vor Glück und Erschrecken, denn der Wal war riesig. Sie sahen ihn zwar nur am Horizont, aber seine massigen Ausmaße ließen ihr kleines Fischerboot winzig aussehen. Amaro und Amaros Vater blickten nur ungläubig. Sie waren sich die ganze Zeit sicher gewesen, dass in Galizien seit Jahrhunderten keine Wale mehr gesichtet worden waren.

Lino und Antia fielen sich in die Arme und sprangen herum, sodass das Boot auf dem Meer, das auf einmal in Bewegung war, fröhlich hin und her schwappte. „Wir müssen jetzt reinspringen", sagte Lino ernst. „Wir müssen dem Wal bei seinem Konzert zuhören. Noch einmal bekommen wir nicht die Gelegenheit." Einfach so, in ihrer Sommerkleidung, sprangen sie in das offene galizische Meer, da, wo es besonders tief ist, man die Küste aber noch sehen kann. „Nein", rief Amaros Vater noch, aber es war zu spät und Amaro sprang hinterher. Nun tanzten die drei Kinder im lichtdurchfluteten Wasser, öffneten ihre Augen nur ein ganz bisschen, damit kein Salzwasser hineinkam. Amaro sah hinunter und schluckte, als er das sich über Meilen erstreckende dunkle Nichts sah, das sich unter ihnen ausbreitete. Dann aber sah er seinen Freunden ins Gesicht, merkte, wie ihre Haare und Kleidung um sie herum tanzten und lachte. Also, er lachte nicht wirklich, denn dann wäre ihm ja das Salzwasser in den Mund geflossen. Aber innerlich lachte er, so wie lange nicht mehr.

Antia war die erste, die den Wal singen hörte, nicht nur, weil sie die erste war, die ins Wasser sprang, sondern auch, weil sie diejenige war, die von ihren Freunden am meisten Ahnung von Walgesängen hatte. Denn sie konnte auch selbst singen und außerdem hatte sie sich eine Videokassette zu Walgesängen besorgt. Ihre von der Sonne gebleichten Haare und ihre weiße Kleidung tanzten um sie herum, als sie sich im Takt der Walmusik umdrehte – und ebenso schnell wieder abwendete. Etwa in hundert Meter Entfernung hatte sie ein Auge gesehen. Ein riesiges, wissendes, friedliches Auge. Das Auge eines Wals, der für sie alle sang.

Lino hatte noch nie so etwas Schönes gehört. Es war, als ob der Gesang des Wals nur auf sie zugeschnitten war. Und so war es ja auch, denn sie waren die einzigen Menschenseelen, die ihn hören konnten. Er wusste, dass er so einen Moment nicht noch einmal erleben würde. Also sog er ihn in sich auf, speicherte ihn ab und verstaute ihn behutsam. Lino und Amaro trauten sich nicht, sich zu dem Wal umzudrehen. Aber das machte nichts. Langsam ging ihnen die Luft aus und langsam mussten sie wieder auf das

Boot. Sie wussten, sie konnten sich auf Amaros Vater verlassen. Als sie auftauchten, schwappte das Boot immer noch an der gleichen Stelle und Amaros Vater fischte mit zitternden Händen nach den Kindern im Wasser, nass und überglücklich, wie sie waren. In der Ferne blies der Wal eine Fontäne in die Luft. Er war doch ganz zufrieden mit sich. Kein kleiner Mensch war ihm in die Quere gekommen und außerdem hatte er sich beim Singen der alten Walweisen wirklich ins Zeug gelegt, denn er war endlich angekommen.

Als sie an der Küste anlegten, sah Lino die seltsame alte Biologin, die er schon kannte, wieder. Sie kam gerade mit hochgekrempelten Hosenbeinen aus dem Wasser und ihr gebräuntes, faltiges Gesicht strahlte mit der sich noch kurz über dem Horizont befindlichen Sonne um die Wette. „Er war wohl schüchtern. Der letzte hat lauter gesungen. Aber das ist ja auch noch alles neu für ihn", erklärte sie grinsend und schüttelte ihre vom Meerwasser nassen weißen Haare, in denen noch einige Algen hingen.

„Hallo Dores", lächelte Amaros Vater. „Ich dachte, du wärst in Australien, bei diesem Riff."

„Inzwischen bin ich zu alt. Jetzt kommen diese ganzen jungen Biologen und tauchen wie die Delfine. Ich komm da ja gar nicht mehr hinterher und die Büroarbeit lag mir nicht. Also bin ich zurück. Ich wollte noch einmal Wale in Galizien sehen."

Zu Hause schaute Lino durchs Fenster und sah seine Mutter alleine bei viel zu gelbem Licht in der Küche stricken. Die Grillen zirpten und der Schein der Kerze erhellte ihr Gesicht nur wenig. Auf einmal wirkte die laue, sommerliche Luft schwül und erdrückend auf Lino.

„Wo warst du?", fragte sie ihn, als er zur Küche hineinkam, ohne aufzuschauen

„Ich habe einen Wal gesehen. Und gehört", antwortete Lino. Kurz hielt sie beim Stricken inne und blickte auf. „Einen Wal?"

„Ja, einen Wal", lächelte Lino stolz, glücklich, dass er seine Mutter ablenken konnte.

„Wie aufregend", sagte sie dann und blickte zurück auf ihr Strickzeug. Sie strickte Socken für Lino, die blau und weiß waren.

Von Mücken und Elefanten

Dunja Schneider

Sonntag

Mathéo küsste Inès ein letztes Mal und öffnete die Wohnungstür: „Bis Freitag." Dann sprang
er leichtfüßig die Treppe hinunter. Inès sah ihm
nach. Er drehte sich um, formte mit den Lippen
einen Kuss und sie hörte das leise Schmatz-Ge-
räusch. Sie lächelte und schloss die Tür. Es war ein
schönes Wochenende gewesen. Wie alle Wochenenden, die sie mit Mathéo verbrachte. Und
sie verbrachte jedes Wochenende mit ihm.

Inès ging zum Fenster und schnappte sich im
Vorbeigehen ihr Smartphone aus dem Regal.
Viele neue Nachrichten. Während Mathéos Besuch hatte sie ihr Telefon kaum beachtet. Die
ungelesenen Nachrichten ignorierte Inès. Sie
öffnete den Chat mit Mathéo und schrieb: ‚Ich
vermisse dich schon jetzt.' Unten öffnete sich die
Haustür und Mathéo trat heraus. Er drehte sich
zur Fensterfront und blickte suchend nach oben.
Inès wohnte im 8. Stock. Er zählte mit den Augen die Etagen ab. Dann sah er sie. Er hob sein
Telefon hoch, zeigte auf sich und dann zu Inès.
„Ich dich auch", sollte es heißen. Mathéo ging
zu seinem Auto, stieg ein und fuhr los nach Lyon.

Dort promovierte er. Inès und er hatten sich im Studium in Dijon kennengelernt. Während Inès ihr Studium anstrengend fand und es sie zu einer praktischen Tätigkeit zog, liebte Mathéo es, den lieben langen Tag Bücher zu wälzen, Theorien zu entwerfen und Argumentationsketten zu entwickeln. Sein Dozent hatte ihm einen der begehrten Promotionsplätze bei Prof. Dr. Maurice Dubois besorgt. Es war keine Frage gewesen, dass Mathéo nach Lyon zog. Inès hatte Verständnis. Es lag nur eine Autofahrt von zwei Stunden zwischen ihnen und es war auf drei Jahre begrenzt. Das würden sie schon schaffen.

Mathéo fuhr aus der Stadt heraus, auf die Autobahn. Der Weg war einschläfernd. Es ging einfach geradeaus. Mathéo konzentrierte sich wenig auf seine Umgebung, er schaltete Musik an und seine Gedanken wanderten sofort zu Inès.

Inès stand noch lange am Fenster. Ihre Knie und Oberschenkel waren ganz heiß. Sie lehnte direkt an der Heizung. Nun begann die Hitze ihre Haut zu verbrennen, doch sie wollte sich noch immer nicht bewegen. Sie hatte ihr Telefon in der Hand. Freitagabend würde Mathéo wiederkommen. Inès las die Nachrichten, die sie am Wochenende erhalten hatte. Aurélie hatte noch immer Liebeskummer und Camille wollte eine Frühschicht gegen eine Spätschicht tauschen. Inès steckte das Telefon in ihre Hosentasche und griff kurzentschlossen nach ihrem Mantel. Sie hielt es in ihrer Wohnung gerade nicht aus – die gemeinsame Zeit mit Mathéo war zu präsent. Mit Mütze und Schal in der Hand schloss sie ihre Wohnungstür ab. Wo sollte sie hingehen? Es begann zu dämmern. Auf der Straße schlug ihr ein eiskalter Wind entgegen. Schnell setzte Inès ihre Mütze auf und zog sie tief ins Gesicht. Den langen Schal wickelte sie dreimal um den Hals und vergrub dann Mund und Nase darin. So stapfte sie durch die hellerleuchteten Straßen. Sie dachte an Mathéo. Wie er jetzt im Auto saß und sich immer weiter von ihr entfernte. Fast konnte sie es körperlich fühlen, wie die Distanz zwischen ihnen immer größer wurde. Inès schaute hoch in den Himmel. Sterne waren nicht zu sehen. Dafür viele weiße und graue, manchmal sogar fast schwarze Rauchwölkchen, die aus den umliegenden Schornsteinen kamen. Sie durchquerte den Jardin Darcy und stieß eine Cafétür auf, um sich etwas aufzuwärmen. Sie hatte Hunger und würde sicher zu faul sein, heute Abend noch zu kochen. Sie bestellte ein Glas Wein und etwas Quiche. Mathéo – wo war er wohl jetzt? Sicher noch nicht zu Hause? Sie sah auf die Uhr. Es waren noch keine zwei Stunden vergangen.

Mathéo fuhr weiter und weiter. Seine Augen gewöhnten sich schlecht an die immer dunkler werdende Autobahn. Viel geschlafen hatte er auch nicht dieses Wochenende. Er hatte noch nicht mal zwei Drittel der Wegstrecke hinter sich. Er gähnte herzhaft und schaltete dann die Heizung ab. Wenn es zu warm würde, schlief er vielleicht am Ende noch ein. Aus den Augenwinkeln sah er gerade noch ein Schild, das die nächste Stadt ankündigte. Er hatte es nicht mehr lesen können, hatte aber die Idee, eine kurze Pause zu machen, einen Kaffee zu trinken und vielleicht etwas zu essen. Niemand erwartete ihn zu Hause. Da war es egal, wann er zurück sein würde. Mathéo fuhr auf die rechte Spur und die nächste

Autobahnabfahrt hinab. Ohne darauf zu achten, wo er hinfuhr, steuerte er das nächstbeste Café an, vor dem er gut parken konnte. Er ging hinein, bestellte einen großen Kaffee und einen Burger. Etwas anderes gab es nicht. Er blickte aus dem Fenster. Inès – was sie jetzt wohl tat? Las sie? Nein, dazu war sie sicher auch zu müde. Er hatte große Lust, ihr eine Nachricht zu schreiben. Er öffnete den Chat mit ihr. Da sah er den kleinen Button „Standort" – was war das? Ach, genau – er erinnerte sich, wie Tomas ihm erzählt hatte, man könne dort sehen, wo sich die Person befand. Mathéo grinste. Er drückte drauf. Seine Augenbrauen zogen sich zusammen. Inès war nicht zu Hause. Sie war in der Rue des Perrières. Was wollte sie da? Was war da? Mathéo öffnete Google Maps. Viele kleine Cafés und Bars. Wieso war Inès in einem Café und mit wem? Sie hätte ihm doch erzählt, wenn sie eine Verabredung gehabt hätte. Der Burger wurde gebracht. Aber Mathéo hatte keinen Hunger mehr.

Inès biss in ihre Quiche. Das tat gut, nachdem sie so durchgefroren war. Sie hatte gar nicht vorgehabt, so weit zu laufen. Sie würde wohl mit dem Bus oder der Straßenbahn zurückfahren. Mathéo saß vermutlich noch immer im Auto. Inès schob den leeren Teller weg, nahm ihr Smartphone in die Hand und öffnete den Chat mit ihm. „Standort" stand ganz oben unter seinem Namen. Sollte sie mal schauen, wie lange er noch zu fahren hatte? Sie drückte drauf. Sie konnte einen leisen überraschten Ausruf nicht unterdrücken. Mathéo war nicht mehr auf der Autobahn. Aber auch nicht in Lyon. Er war in Mâcon. Was machte er in Mâcon? Wen kannte er denn da? Inès zoomte den kleinen blauen Punkt näher heran. Er war in einer Bar. Mathéo war nicht der Typ, der allein in Bars ging. Definitiv war jemand bei ihm. Da war sich Inès sicher. Sie presste die Lippen aufeinander, hielt ihr Portemonnaie in die Höhe, um zu signalisieren, dass sie zahlen wollte, und verließ das Café. An der Bushaltestelle fror sie entsetzlich.

Mathéo trank schnell den Kaffee aus, legte Geld auf den Tisch und stürzte zurück zum Auto. Müde war er nun nicht mehr. Kurze Zeit später war er zu Hause. Er warf die Tasche in die Ecke und seufzte. Er machte kein Licht. Was war jetzt passiert? Es war doch so ein schönes Wochenende gewesen? Und nun? Er fühlte sich leer. Mit wem traf sich Inès und warum erzählte sie davon nichts? Dann kann es nur ein anderer Mann sein… Guillaume hatte ihm vorausgesagt, dass es bei einer Fernbeziehung so kommen würde. Ohne sich die Zähne zu putzen, legte sich Mathéo ins Bett, das Telefon in der Hand. Er starrte lange auf Inès' Namen. Schließlich tippte er die Worte ‚*Ich bin zu Hause. Schlaf gut.*‘ – aber er schickte sie nicht ab. Er spürte einen Kloß im Hals. Entschlossen drückte er auf „Delete" – er würde Inès heute nicht mehr schreiben. Mathéo legte das Telefon zur Seite und schlief ein.

Inès zog sich zu Hause den Mantel und den langen Schal aus. Sie blickte sich in der Wohnung um. Es roch nach Mathéo. Sie stürzte zum Fenster und öffnete es. Sie wollte seinen Geruch nicht bei sich haben. Innerhalb weniger Sekunden wurde es bitterkalt und Inès schloss das Fenster schnell wieder. Sie blickte hinaus. Vor wenigen Stunden hatte Mathéos Auto dort gestanden, sie hatten sich zugelächelt. Und nun? Nun fühlte sie sich leer. Wieso war Mathéo nicht nach Hause gefahren? Was wollte er in Mâcon und wen kannte er da? Inès zog sich aus und legte sich ins Bett. Mathéo hatte ihr nicht mal geschrieben, dass er gut in Lyon angekommen war. Inès erschrak. Vielleicht war er in Mâcon geblieben? Sollte sie noch mal nachschauen? Nein. Dann würde sie heute Nacht gar nicht schlafen können und sie hatte morgen Frühschicht. Entschlossen legte Inès ihr Telefon zur Seite und versuchte krampfhaft, an etwas anderes zu denken.

Mathéo schreckte aus dem Schlaf hoch. Sofort griff er zu seinem Telefon. Inès hatte ihm nicht geschrieben. Das war das erste Mal, dass sie keinen Kontakt hatten, nachdem er ein Wochenende bei ihr verbracht hatte. Ein Gedanke kam, ohne dass Mathéo ihn aufhalten konnte: ‚Vielleicht ist sie gar nicht allein!' Er wälzte sich im Bett hin und her, aber er fand keinen Schlaf mehr.

Montag

Inès erwachte. Sie sah auf die Uhr und stellte fest, dass sie fast verschlafen hatte. Sie musste sich beeilen. Schnell sprang sie unter die Dusche und zog sich an. Den Kaffee würde sie auf dem Weg zur Arbeit kaufen. „Hallo", Camille kam ihr entgegen, „na, schönes Wochenende gehabt?" Sie grinste wissend. Es war kein Geheimnis, dass Mathéo Inès jedes Wochenende besuchte. Inès zwang sich zu einem Lächeln: „Ja, sehr schön." Dann ließ sie Camille stehen und machte sich an die Arbeit. Immer wieder schaute sie auf ihr Telefon. Aber keine Nachricht von Mathéo.

Sollte sie ihm schreiben? Nein! Aber Inès konnte sich nicht konzentrieren. Schließlich stopfte sie ihr Telefon in die Hosentasche und ging auf die Toilette. ‚*Mathéo, ich hoffe, du bist gut angekommen gestern?*‘ – Sie löschte das ‚gestern‘. Vielleicht war er erst heute angekommen… Inès atmete tief durch, dann schickte sie die Nachricht ab. Nichts. ‚Naja‘, dachte Inès, ‚er arbeitet vermutlich auch.‘ Sie wusch sich die Hände und ging an die Arbeit zurück.

„Biep.“ – Mathéo zog sein Telefon aus der Tasche. Inès. Endlich. Er antwortete sofort: ‚*Ja, aber ich bin unterwegs fast eingeschlafen.*‘ – sollte er nachfragen, was sie gestern Abend gemacht hatte? Nein. Dann würde sie sicher sofort denken, dass er schon etwas wüsste. ‚*Ich hoffe, dein Abend war noch nett*‘, hängte er noch an und schickte – wusch – die Nachricht weg.

Inès spürte das Vibrieren. Aber es war ihr gerade unmöglich, nachzuschauen, was Mathéo geschrieben hatte. Sie wusste, dass die Nachricht von ihm war. Ihr Chef blickte zu ihr. Sie lächelte ihn an und widmete sich, so gut es ging, ihrer Arbeit. Schließlich kündigte ein leiser Gong die Mittagspause an. Camille stürzte auf sie zu. „Gehen wir zusammen essen?“ Inès nickte abwesend und lief hinter Camille her. Dabei zog sie ihr Telefon aus der Tasche und las die Nachricht. Ihren Lippen entfuhr ein abschätziger Laut. Camille drehte sich fragend zu ihr um. „Oh entschuldige, ich meine nicht dich.“ Inès starrte noch immer auf die Nachricht. ‚Eingeschlafen!‘ Wohl eher das Gegenteil! So kam sie nicht weiter. Sie musste irgendwie herausfinden, wer da in Mâcon war. Camille und Inès steuerten auf zwei freie Stühle zu und bestellten jede einen Wein und einen Salat. Camille begann gleich ohne Pause zu erzählen, aber Inès begnügte sich damit, sie aufmunternd anzulächeln und hin und wieder zu nicken. „Entschuldige mich kurz", unterbrach sie Camille plötzlich und rannte mit dem Telefon zur Toilette. *Ich bin früh schlafen gegangen'* – sollte sie noch mehr schreiben? Nein. Erst mal nicht. Wusch. Sie kehrte zu Camille zurück. Mathéo antwortete nicht.

Inès ging ins Bett und starrte mindestens eine Minute auf das Display ihres Smartphones. Mathéo hatte sich nicht mehr gemeldet. Bestimmt war er mit der anderen Frau beschäftigt. Der aus Macon. Inès rollte sich im Bett zusammen. Sie fühlte, wie Tränen in ihr aufstiegen. Plötzlich sprang sie auf und riss die Bettwäsche vom Bett herunter. Aber sie hatte keine Lust, es neu zu beziehen. Sie legte sich einfach so wieder ins Bett und schlief ein.

Mathéo saß mit Guillaume am Tresen einer Bar. Guillaume hielt schon seit über fünf Minuten einen Monolog über die brillante Vorlesung von Dr. Dubois. Mathéo hatte längst aufgehört zuzuhören. Immer wieder zog er sein Telefon einige Zentimeter aus der Tasche, um unauffällig einen Blick aufs Display zu werfen. Aber es kam nichts mehr von Inès. *Früh schlafen gegangen?'* Es war eindeutig, dass er nicht wissen sollte, dass sie gestern Abend noch ausgegangen war. Er seufzte. Guillaume unterbrach sich und schaute ihn fragend an. „Tut mir leid, mein Lieber, ich bin sehr müde. Ich hatte nicht so viel Schlaf am Wochenende." Guillaume grinste von einem Ohr zum anderen. Er wusste, wie – oder besser mit wem - Mathéo seine Wochenenden verbrachte. „Warum besucht dich deine Inès eigentlich nie in Lyon? Du musst sie mir irgendwann vorstellen!" „Sicher, Guillaume. Sicher." Mathéo stand auf und reichte Guillaume eine Euro-Note: „Ich lade dich ein. Gute Nacht." Damit ging er nach Hause. Im Bett öffnete er den Chat mit Inès und las sich ihre letzten Nachrichten durch. Was war nur passiert? Am Wochenende war doch alles noch normal gewesen. Aber vermutlich traf sich Inès schon länger mit jemandem. Ihr Telefon hatte die ganze Zeit unbeachtet im Regal gelegen, ja... Aber Mathéo hatte mitbekommen, dass es ein paar Mal vibriert hatte. Und Inès war jedes Mal zusammengezuckt oder nicht? Ja, er glaubte, sich daran zu erinnern. Mit einem Schnauben warf er sein Smartphone in die Kissen und drehte sich zum Schlafen auf die andere Seite.

Dienstag

,Guten Morgen! Ich habe eine Idee: Du kommst ja jedes Wochenende zu mir – das ist sicher anstrengend. Wir könnten uns am Freitag irgendwo zwischen Dijon und Lyon treffen? Wie wäre es in Mâcon? Kennst Du die Stadt? Die ist schön, oder?'

Mathéo starrte auf Inès' Nachricht. Er schluckte. Das bedeutete wohl, sie wollte nicht mehr mit ihm in Dijon gesehen werden. Zögernd tippte er langsam: ,Ich weiß nicht, ich war noch nie in Mâcon.' Wusch.

Inès japste. Er log sie an! Aber damit konnte sie Mathéo schlecht konfrontieren. ,Dann lernen wir die Stadt eben zusammen kennen. Das könnte doch auch romantisch sein.' Wusch. Die Nachricht von Mathéo kam direkt: ‚*Was willst du denn jetzt plötzlich in Mâcon? Ich komme gern zu dir nach Dijon. Außerdem müssten wir in Mâcon ein Hotelzimmer bezahlen – das Geld können wir uns doch sparen!*' ‚Hm', dachte Inès, ‚eindeutig: er will nicht in Mâcon mit mir gesehen werden. Da ist noch eine Frau. Ganz klar.' ‚*Ok, dann eben nicht. War nur eine Idee.*' Wusch. Sie wartete. Aber Mathéo antwortete nicht mehr. Es fühlte sich alles merkwürdig an.

Mathéo starrte noch lange auf sein Telefon. Seit wann traf sich Inès wohl schon mit dem anderen Mann? Vermutlich schon länger und jetzt spürte sie, dass es ernster wurde, also wollte sie ihn, Mathéo, nicht mehr bei sich in Dijon haben. Was sollten sie denn in Mâcon? Da war doch nichts. Was für eine absurde Idee.

Mittwoch

Der Mittwoch verstrich. Inès meldete sich nicht bei Mathéo und Mathéo schrieb Inès nicht. Seit sie sich kannten, war dies der erste Tag, an dem sie gar nichts voneinander hörten.

Donnerstag

Inès saß in ihrem Sessel, ihr Telefon in der Hand. ‚*Kommst du morgen?*', tippte sie. Aber sie löschte es wieder. Sie stand auf, kochte sich einen Tee. Mit dem Tee setzte sie sich erneut in den Sessel. ‚*Besuchst du mich morgen?*' – aber das löschte sie auch wieder. Sie trank einen Schluck und verbrannte sich sofort den Gaumen. ‚*Sehen wir uns am Wochenende? Ich verstehe natürlich, wenn du es auch mal nicht schaffst. Ich weiß ja, dass du viel arbeiten musst.*' Ja, das war gut. So fühlte sich Mathéo ihr vielleicht nicht so verpflichtet. Und wenn er absagte, könnte Inès nachschauen, ob er trotzdem nach Mâcon fuhr. Wusch.

„Biep." Mathéo las Inès' Nachricht. ‚Sie will nicht, dass ich komme!', war alles, was er zwischen den Zeilen las. Seine Augen füllten sich mit Tränen, aber er ließ nicht zu, dass sie den Weg die Wange hinab fanden. Er blinzelte. ‚*Willst du nicht, dass ich komme?*' – Mathéo löschte die Worte wieder und schluckte. ‚*Ok, dann bleibe ich dieses Wochenende in Lyon. Wir sehen uns dann den Freitag danach?*' Wusch.

Inès starrte aufs Display. Er wollte sie tatsächlich nicht sehen. ‚*Ja sicher...*' Wusch. Sie ging ins Bett. Mit ihren Tränen.

Freitag

‚*Was wirst du am Wochenende tun?*' Mathéo zögerte kurz, ehe er die Nachricht abschickte. Inès antwortete sofort. ‚*Vielleicht treffe ich Aurélie oder Camille... Mal schauen. Und du?*' – ‚*Ich werde ein bisschen lesen und vielleicht komme ich auch zum Schreiben. Vielleicht haben auch Tomas oder Guillaume Zeit.*' – ‚*Ich wünsche dir viel Spaß.*' – ‚*Ich dir auch.*'

Samstag

Inès wachte früh auf. Sofort nahm sie ihr Telefon und schaute den Standort von Mathéo nach. Lyon. Er war zu Hause. Eine verrückte Idee überkam sie. Sie suchte im Internet die Zugverbindung nach Mâcon heraus. In einer Stunde würde ein Zug fahren. Inès beeilte sich und hastete zum Bahnhof. Sie hatte keine genaue Vorstellung davon, was sie in Mâcon wollte. Sie würde die andere Frau schließlich nicht auf der Straße erkennen. Aber vielleicht machte sich Mathéo heute noch auf den Weg zu ihr. Dann gab es immerhin eine kleine Chance, dass Inès den beiden auf offener Straße begegnen würde. Inès setzte sich dicht ans Fenster und behielt ihren Mantel und ihren Schal an. Die Fahrt nach Mâcon kam ihr endlos vor. Schließlich hielt der Zug und Inès stieg aus. Sie stand da und fühlte sich völlig allein und verlassen. Was wollte sie hier? Sie hatte vergessen, wie die Bar hieß, in der Mathéo letzten Sonntag gewesen war. Wo sollte sie anfangen zu suchen? Nach was suchte sie eigentlich? Da kamen die Tränen. Inès konnte sie nicht zurückhalten. Sie stand am Bahnhof, fror und weinte. Verzweifelt lief sie einfach los. Sie achtete nicht auf den Weg, nicht darauf, wo sie hinlief. Zum Bahnhof würde man von überall kommen, also war es egal, wo sie landete. Schließlich war sie hungrig und müde und absolut leer. Sie ging in ein kleines Bistro und bestellte sich etwas zu essen und einen heißen Tee.

Mathéo erwachte. Er hatte noch nie ein Wochenende in Lyon verbracht. Er wusste gar nicht recht, was er mit seiner Zeit anfangen sollte. Sollte er Guillaume treffen? Besser nicht, der fragte bestimmt nach Inès. Inès… Was sie jetzt wohl tat? Sollte er ihr schreiben? Mathéo nahm sein Telefon. Er zögerte. Standort. Klick. Moment mal… was? Inès war in Mâcon! Verbrachte sie dort das gewünschte romantische Wochenende mit dem anderen Typen? Mathéo stand auf, unschlüssig, was er jetzt tun sollte. Dann schnappte er sich seine Autoschlüssel. Mâcon war nicht allzu weit von Lyon entfernt. In weniger als einer Stunde konnte er dort sein. Ja! Mathéo sprang ins Auto und fuhr los.

Inès war wieder aufgewärmt. Sie blickte sich um und schaute aus dem Fenster. Plötzlich wurde ihr bewusst, wie irrwitzig ihr Unternehmen war, und sie schämte sich. Sie zahlte und fragte nach dem schnellsten Weg zum Bahnhof. Sie musste zwanzig Minuten auf den Zug nach Dijon warten. Wieder wählte sie einen Fensterplatz. Sie legte ihre Stirn an das kühle Glas. Noch immer keine Nachricht von Mathéo. Sollte sie ihm schreiben? Der Zug rollte los. Nein. Inès steckte das Telefon in ihre Manteltasche. Es vibrierte. Mit Herzklopfen zerrte Inès es aus ihrer Tasche. Camille. Sie seufzte. Zögernd öffnete Inès den Chat mit Mathéo. Standort. Klick. Inès traute ihren Augen nicht. Mathéo war in Mâcon! Inès sprang auf. Alle Leute starrten sie an. Inès blickte sich suchend um und entdeckte dann die Notbremse. Doch ihr wurde klar, dass sie nicht wirklich den Zug anhalten konnte. Sie setzte sich wieder hin. Mathéo war in Mâcon. Nun war alles klar. Sie steckte das Telefon in die Tasche zurück und schloss ihre Augen.

Mathéo fuhr auf einen Parkplatz zu. ‚Was mache ich hier?' Er entdeckte eine Parklücke und steuerte darauf zu. ‚Was zum Teufel mache ich hier?' Er blinkte und lenkte in die Parklücke hinein. ‚Ist das wirklich dein Ernst, Mathéo?' Mit einem Satz fuhr er rückwärts aus der Parklücke wieder heraus und wäre fast mit einem anderen Auto zusammengeprallt. Er erschrak und hob

entschuldigend die Hand. Dann fuhr er auf die Autobahn zu. Nur zurück nach Lyon.
Sonntag

,Mathéo... *ich glaube, wir brauchen uns auch nächstes Wochenende nicht sehen.*' Inès starrte lange auf die Nachricht. Der Tränenschleier in ihren Augen verdichtete sich. Als sie kein Wort mehr erkennen konnte, drückte sie auf ,senden'.

„Biep": *,Das habe ich mir auch schon gedacht. Leb wohl, Inès.*'

Das Fundbüro für verpasste Gelegenheiten

Johanna Stölting

Die Türen des Zuges schlossen sich mit nach-
drücklichem Klacken, gerade als Fabian die
Treppe zum Bahnsteig hinaufgestürmt kam. Er
hatte die letzte Stufe noch nicht überwunden,
da zog die Lok an und die Wagen setzten sich
mit einem Ruck in Bewegung. Erst langsam, dann
immer schneller fuhren sie an Fabian vorbei, der
ihnen mit fassungslosem Blick nachsah. Kurz
glaubte er, Neles vertrautes Gesicht hinter einer
der Scheiben zu erkennen.

„Nein!", fluchte er atemlos. „So ein Mist!"
Frustriert betrachtete er den Blumenstrauß, den
er extra noch beim Floristen gekauft hatte. Die
neugierigen Blicke der Umstehenden bemerkte
er dabei nicht.

In seiner Vorstellung war alles so romantisch
gewesen: Nele stand noch am Bahnsteig, als
Fabian mit seinem gigantischen Blumenstrauß
die Szene betrat. Suchend, als wartete sie auf
jemanden, sah sie sich um. Nur um bei seinem
Anblick erleichtert zu lächeln, weil sie insgeheim
nur auf ihn gewartet hatte.

Fabian seufzte enttäuscht. Die Realität sah
leider anders aus. Dennoch hatte er so gehofft,
Nele doch noch überzeugen können, es noch

einmal zu versuchen. Dabei wusste Fabian eigentlich, dass er mit spontanen Aktionen nur selten Glück hatte. Er brauchte einen verlässlichen Plan, ein Ziel, das er ansteuern konnte.

Ich hätte mich mehr beeilen müssen, dachte er dennoch, während er zusah, wie der Zug in der Ferne immer kleiner wurde. Wenn ich nur rechtzeitig hier gewesen wäre, wenn ich nur mehr gewagt hätte.

Wäre Fabian in diesem Augenblick nicht so sehr mit sich selbst beschäftigt gewesen, er hätte vielleicht gemerkt, wie sich bei seinen Gedanken etwas in der Atmosphäre um ihn herum veränderte. Eine Art kosmisches Klicken, als er sich eingestand, dass er seine Chance verpasst hatte und es vermutlich für immer bereuen würde.

Ein vernehmliches, resigniert klingendes Räuspern riss Fabian aus seinen trüben Gedanken. Abrupt fuhr er herum und bemerkte eine Person, die nur wenige Schritte hinter ihm an einer Säule lehnte und Zeitung las. Irritiert starrte Fabian auf die Schlagzeile. Er war sich sicher, dass dort vor wenigen Sekunden noch niemand gestanden hatte. Noch während er überlegte, ob es angebracht war, an seinem Verstand zu zweifeln, wurde die Zeitung unter lautem Rascheln zusammengefaltet. Zum Vorschein kam eine Frau, etwa Mitte dreißig, mit violett gefärbtem Haar, das sie zum Zopf geflochten wie eine Krone trug. Es verlieh ihr etwas Mädchenhaftes, im Gegensatz zu dem eleganten Hosenanzug, den sie trug. Ihr ernster Blick ruhte auf Fabian, der das seltsame Gefühl hatte, durchleuchtet zu werden. Unsicher warf er einen Blick über die Schulter, halb hoffend, dass die Fremde eigentlich jemanden hinter ihm meinte. Doch da war niemand. Überhaupt schien sich der Bahnsteig in den vergangenen Augenblicken erstaunlich rasch geleert zu haben. Als er den Kopf wieder umwandte, glaubte er ein spöttisches Lächeln im Gesicht der unbekannten Frau zu erkennen.

Die Fremde stieß sich von der Säule ab und kam langsam auf ihn zu. „Fabian Kozlowski?" Obwohl ihre Stimme sich zum Ende hin ein wenig hob, hatte Fabian nicht das Gefühl, dass es sich um eine Frage handelte. Dennoch nickte er zögernd.

Die Frau blieb nur wenige Schritte vor ihm stehen und musterte ihn neugierig. „Erstaunlich", stellte sie fest. „Sie scheinen gar nicht so verhuscht, wie Ihre Entscheidungen Sie wirken lassen." „Ich…", irritiert sah Fabian an sich hinunter, betrachtete seine neue Jeans und sein Hemd, das er extra für die heutige Mission gebügelt hatte. „Was?" Nicht sicher, ob er bloß erstaunt oder auch beleidigt sein sollte, wandte er sich der Fremden zu.

„Wer zum Teufel sind Sie?"

„Mein Name ist Zora Fram", stellte sich die Angesprochene entschuldigend lächelnd vor. „Aber nennen Sie mich einfach Zora. Ich bin Ihre Sachbearbeiterin vom Ministerium für entgangene Chancen und bedauerte Entscheidungen." Als Fabian sie nur planlos anstarrte, fügte sie hinzu: „Umgangssprachlich werden wir auch das Fundbüro für verpasste Gelegenheiten genannt."

„Sicher", antwortete Fabian schwach. Er mochte, was Politik anging, nicht immer auf zack sein, aber von so einem Ministerium hatte er noch nie gehört. Unauffällig sah er sich noch einmal um. Irgendwo vermutete er eine versteckte Kamera. Ganz bestimmt war er hier in eine Folge von ‚Verstehen Sie Spaß' geraten. Das oder die Frau war aus einer Klinik ausgebrochen. Fundbüro für verpasste Gelegenheiten, die hatte doch nicht mehr alle Tassen im Schrank!

Die angebliche Ministeriumsmitarbeiterin fuhr derweil einfach fort: „Wir archivieren verpasste Gelegenheiten, bereute Entscheidungen und Was-wäre-wenn-Gedankenspiele."

„Sie verarschen mich doch", brummte Fabian, während er gleichzeitig überlegte, wie er die Verrückte loswerden konnte.

„Mitnichten", antwortete sein Gegenüber derweil. „Die traurige Wahrheit ist, dass Sie soeben Ihre tausendste verpasste Gelegenheit erschaffen haben. Was in Ihren jungen Jahren eine äußerst ungewöhnlich hohe Anzahl ist. Weshalb wir entschieden haben, dass es Zeit für eine Intervention ist."

Ihre Worte waren noch nicht verklungen, da schnippte sie energisch mit den Fingern. Im selben Augenblick löste sich der Bahnsteig samt Gleis und Reisenden in Nebel auf, der Fabian und Zora wie einen Strudel umgab und mit sich zu ziehen schien. Fabian musste die Augen schließen, weil ihm von den bunten, wild umherwirbelnden Farbschlieren ganz schlecht wurde. Erst als er mit einem Ruck zum Stehen kam, wagte er es, die Augen wieder zu öffnen. Überrascht prallte er zurück und hätte um ein Haar seinen Blumenstrauß losgelassen. „Heilige Scheiße!"

Sie standen in einer Halle, die so hoch war,

dass Fabian den Kopf in den Nacken legen musste, um zu erkennen, wie sich weit über ihm die Decke wölbte. Durch die mehrere Meter hohen bogenartigen Fenster an den beiden Längsseiten fiel Tageslicht hinein und erweckte den Eindruck, in einer Art Kathedrale zu stehen. An einer der Stirnseiten glaubte Fabian hoch oben an der Wand das Relief einer Frau mit einem Rad sowie einem Füllhorn zu erkennen, den wachsamen Blick dabei auf den geschäftig umher eilenden Angestellten ruhend.

Doch Fabian blieb nicht viel Zeit sich umzusehen, denn schon packte ihn seine Begleiterin am Ellenbogen und dirigierte ihn bestimmt durch einen der unzähligen Durchgänge, fort von der großen Eingangshalle. Sie passierten einen Wartesaal, in dem Auskunftssuchende auf gepolsterten Bänken saßen und darauf warteten, dass ihre Nummer aufgerufen wurde und sie zum Schalter vortreten durften. Einige schauten Fabian kritisch nach, als dieser kurzerhand an ihnen vorbei eskortiert wurde.

Zora lotste Fabian, der sich immer wieder fasziniert umsah, derweil zu einem altmodischen Fahrstuhl. Nachdem sie das verschnörkelte Gitter hinter ihnen geschlossen hatte, drückte sie unter den unzähligen Knöpfen jenen mit der Beschriftung ‚Archiv‘. Der Fahrstuhl setzte sich ruckend in Bewegung und der Wartesaal verschwand langsam aus Fabians Blickfeld. Unruhig umklammerte Fabian mit der freien Hand das Gitter. Er hatte irgendwie das Gefühl, im falschen Film zu sein. Eben noch hatte er am Bahnsteig gestanden; zwar in seinem Versuch, Nele zurückzugewinnen, gescheitert, aber doch im Vollbesitz seiner geistigen Kräfte. Und nun stand er hier mit seiner angeblichen Sachbearbeiterin, um sich seine verpassten Lebenschancen anzugucken.

Vielleicht bin ich tot, dachte Fabian und fühlte ein hysterisches Lachen in sich aufsteigen. Vielleicht bin ich bei dem Versuch, Nele aufzuhalten, auf die Gleise gestürzt und vom Zug überrollt worden. Und dies ist jetzt meine Hölle.

„Sie brauchen keine Angst zu haben", stellte seine Begleiterin in diesem Augenblick sanft fest. „Ihnen passiert nichts."

„Lesen Sie etwa meinen Gedanken?", fragte Fabian anklagend.

Zora seufzte. „Es ist ganz normal, Angst zu haben, wenn man sich mit seinen bisherigen Entscheidungen auseinandersetzen muss. Das geht uns allen so", gab sie sichtlich widerwillig zu. Nur um im nächsten Moment spöttisch hinzuzufügen: „Auch wenn Sie der ungekrönte König der verpassten Gelegenheiten sind. Es wird Zeit, dass Sie etwas dagegen tun."

„Nur noch einmal zur Erklärung", sagte Zora, als sie und Fabian kurz darauf vor einer Tür standen, „normalerweise haben Menschen in Ihrem Alter so um die sieben, vielleicht auch zehn verpasste Gelegenheiten, die sie wirklich bedauern, nicht genutzt zu haben, oder Entscheidungen, mit denen sie unzufrieden sind, die ihr Leben aber grundlegend beeinflusst haben. Davon sind etwa drei wirklich wichtig. Sie wissen schon, so etwas, wie jemandem seine Liebe nicht gestanden oder sich nie mit seinen Eltern ausgesprochen zu haben. Alles andere sind eher kleine Dinge, die über die Jahre verblassen und irgendwann verschwinden, weil sie bedeutungslos werden." Eindringlich sah sie Fabian bei diesen Worten an. „Sie hingegen haben die Angewohnheit, auch über lange Zeiträume an Dingen, die Sie bedauern, festzuhalten."

Und ohne ein weiteres Wort der Warnung schloss Fabians Sachbearbeiterin die Tür zu seinem Archiv auf und schob ihn unbarmherzig über die Schwelle. Fabian stockte der Atem. Vor ihm erstreckte sich ein schier unendlicher Raum, der mit nicht endenden Reihen von altmodischen Apothekerschränken gefüllt war. Hunderte Schubladen, alle sorgfältig mit kleinen Etiketten versehen.

„Was in aller Welt?", stammelte Fabian angesichts der Fülle nun doch ziemlich überfordert. „Tausend verpasste Gelegenheiten", rief seine Begleiterin ihm in Erinnerung, während sie langsam an einem der Schränke vorbeischritt. „Um ehrlich zu sein, befürchten wir, dass wir bald anbauen müssen, wenn Sie so weitermachen."

Unbehaglich sah Fabian sich um. Ihm war bisher nicht bewusst gewesen, dass er offenbar ein Messi entgangener Chancen war. Mit trockenem Mund sah er zu, wie Zora eine Schublade öffnete und einen Schwimmflügel hervorzog. Fast schon zärtlich strich sie über das leuchtend orange Ding, während sie sich wieder Fabian zuwandte.

„Das ist eine der ersten verpassten Gelegenheiten", stellte sie fest. „Sie waren damals elf und wollten nicht am Schwimmkurs teilnehmen." Unsicher nahm Fabian seiner Sachbearbeiterin den Schwimmflügel ab. „Ich war viel älter als die anderen Kinder. Ich hatte Angst, dass sie sich über mich lustig machen", gestand er schließlich. „Deshalb bin ich nicht hingegangen, obwohl meine Eltern den Kurs bereits bezahlt hatten." Zora nickte. „Und heute?", fragte sie behutsam.

„Heute muss ich mir immer eine Ausrede überlegen, weshalb ich im Sommer nicht mit an den See kann. Wenn ich doch mitkomme, überrede ich die anderen meisten zum Wasserballspielen im flachen Bereich", gab Fabian widerwillig zu. Nur um sich mit dem nächsten Atemzug zu verteidigen: „Bisher ist noch keinem aufgefallen, dass ich nicht schwimmen kann." „Klingt anstrengend", erwiderte Zora, „immer darauf achten zu müssen, dass das Geheimnis nicht auffliegt. Ist doch schade, dass eigene Leben einzuschränken, wenn es gar nicht notwendig ist." Sie nahm Fabian den Schwimmflügel wieder ab und legte ihn sachte zurück in das Schubfach. „Es kommt Ihnen vielleicht so vor, aber nur weil Sie damals den Sprung ins Wasser nicht gewagt haben, bedeutet das nicht, dass Sie es zu einem späteren Zeitpunkt nicht nachholen können. - Es gibt schließlich auch Schwimmkurse für Erwachsene."

Augenblicklich sah Fabian sich am Strand. Es wäre schon schön, beim nächsten Ausflug an die Ostsee auch mal mit seinen Freunden weit hinausschwimmen zu können und nicht am Ufer zurückbleiben zu müssen, dachte er. Doch die Vorstellung, sich die Blöße zu geben und in seinem Alter noch einmal einen Kurs machen zu müssen, ließ ihm vor Unbehagen den Magen flau werden. Was, wenn er unterging wie ein Stein? Oder schlimmer noch, sich wie der letzte Vollidiot anstellte? Dennoch, ganz von sich schieben konnte er den Vorschlag nicht. Zora, die von seinen Überlegungen nichts bemerkte, ging inzwischen weiter an den Apothekerschränken vorbei. Nach etwa einem Meter blieb sie wieder stehen. „Abschlussjahr", las sie vor. „Hier haben Sie gleich mehrere Gelegenheiten an sich vorbeiziehen lassen." Damit griff sie in eines der Fächer und zog eine dunkelblaue Krawatte hervor. Farblich auf den Anzug abgestimmt, den Fabian zum Abiball getragen hatte. „Das hier dürfte allerdings die Eindringlichste sein: die Verweigerung des Tanzkurses." Fragend sah sie ihn an. Doch Fabian nahm ihr lediglich die Krawatte ab, legte sich diese versonnen locker um den Hals und schob sachte den Knoten ein wenig fester.

„Stimmt. Ich wollte mich nicht vor meinen Mitschülern zum Affen machen."

„Aber Ihre Mitschüler konnten genau so wenig tanzen wie Sie. Sie hätten es zusammen gelernt." Fabian zuckte mit den Schultern. Zum ersten Mal, seitdem er diesen seltsamen Raum betreten hatte, lächelte er. „Ich war zu schüchtern. Also habe ich es mir lieber von meinen Großeltern beibringen lassen." Damit griff er nach Zoras Händen, zog sie ein Stückchen näher und begann sie in sanften Walzerschritten durch den Raum zu führen. Erstaunt sah seine Begleiterin ihn an. Dann breitete sich jedoch ein fröhliches Lächeln auf ihrem Gesicht aus, während sie sich ohne musikalische Begleitung immer schneller durch die scheinbare Endlosigkeit bewegten.

„Warum ist dieses Ereignis hier archiviert?", fragte Zora leise, als sie schließlich wieder langsamer wurden. „Es liegt mit Sicherheit nicht an mangelnden Tanzkünsten." „Hätte ich damals am Tanzkurs teilgenommen", erklärte Fabian zögernd, „vielleicht hätte ich dann endlich eine Gelegenheit gefunden, Luisa aus der 13b auf mich aufmerksam zu machen. So war es schon zu spät. Als ich sie auf dem Abiball beeindrucken wollte, hatte sie nur Augen für Tore."

„Oh." Zora nickte verstehend und trat einen Schritt zurück. „Ein klassischer Fall von ‚Warten auf den richtigen Augenblick'", stellte sie fest. „Fast schon lehrbuchartig." Kopfschüttelnd, als sei er ein hoffnungsloser Fall, streckte sie die Hand aus, forderte die Krawatte zurück. Dabei sagte sie in mitfühlendem Tonfall: „Ich verrate Ihnen mal ein Geheimnis: So etwas wie den richtigen Moment gibt es gar nicht. Der richtige Moment ist immer jetzt. - Es sei denn, es ist ein falscher Moment. Diese gibt es nämlich tatsächlich."

„Ja, ich warte zu lange." Natürlich wusste Fabian um seine Schwäche. Mehr als einmal hatte sie ihm in den vergangenen Monaten ein Bein gestellt. Nicht nur, dass er zu lange gezögert hatte, um Nele zu sagen, was er fühlte, sondern auch, um ihr zu sagen, was er sich von der Zukunft erhoffte. Als er bereit gewesen war, darüber zu reden, hatte Nele bereits eigene Pläne gemacht. Wenn man keine Entscheidungen traf, das hatte er am eigenen Leib erfahren, dann wurden diese für einen getroffen.

„Aber", bemerkte er sinnierend, die Krawatte halb über den Kopf gezogen, „wenn ich zum Tanzkurs gegangen wäre, hätte ich viel weniger Zeit mit meinen Großeltern verbracht." Allein bei der Erinnerung daran, wie er seine Oma unbeholfen über den Teppich geführt, während sein Opa seine Haltung kommentiert hatte, entlockte ihm ein Lächeln. Und noch während er sprach, spürte Fabian, wie sich der Gedanke an den verpatzten Abiball ein bisschen weniger wie ein Verlust anfühlte.

Zora nickte anerkennend und wandte sich um. „Ein letztes Beispiel", verkündete sie und ging zur gegenüberliegenden Seite. Wieder öffnete sie eine Schublade, die ihr Innenleben nur unter knarrendem Protest freigab. Zum Vorschein kam ein Personalausweis. „Fabian Kozlowski", las sie Fabians Namen so laut vor, dass er von den Wänden widerhallte. „Es hat nicht viel gefehlt und Sie hätten nach der erneuten Heirat Ihrer Mutter Müller geheißen." Fabian nickte und nahm Zora den Personalausweis ab. Widerwillig betrachtete er das Dokument. Er hatte den Namen Kozlowski nie gemocht. Nicht nur, dass man ihn immer buchstabieren musste, nein, er hatte sich auch einfach viel zu viele dämliche Sprüche anhören müssen. Es wäre so viel einfach, wenn er Müller hieße. Vielleicht wäre er dann jemand anderes, jemand, der nicht einen ganzen Raum voller verpasster Gelegenheiten und bedauerter Entscheidungen angehäuft hatte.

„Ein Name ändert nichts", stellte Zora fest, als hätte sie seine Gedanken gelesen. Wie zum Beweis schnippte sie mit den Fingern, woraufhin sich der Nachname auf dem Ausweis veränderte. „Anderer Name, dieselbe Person", stellte sie fest und tippte mit dem Finger auf das Foto. „Fabian Müller hätte heute ebenso einsam am Bahnsteig gestanden wie Fabian Kozlowski." Eindringlich sah sie Fabian an. „Sie haben sich gegen einen neuen und für den alten Namen entschieden.

Warum?"

Ohne darüber nachzudenken, antwortete Fabian: „Der Name hat mich nach der Scheidung meiner Eltern weiterhin mit meinem Vater verbunden. Auch wenn wir wenig Kontakt hatten." Da seine Sachbearbeiterin ihn weiterhin abwartend ansah, fuhr er nachdrücklich fort: „Bei Fabian Kozlowski wusste ich genau, wer ich bin. Das hat mir gefallen." Der Personalausweis in Zoras Händen löste sich bei seinen Worten in Rauch auf.

„Sieh an", sagte sie beeindruckt. „Sieht ganz so aus, als hätten Sie sich soeben mit einer Entscheidung arrangiert. Bleiben nur noch 999 weitere." Verblüfft bemerkte Fabian, wie sich auch die entsprechende Schublade in Luft auflöste und die übrigen alle um einen Platz aufrückten.

„Können wir das mit allem machen?", hauchte er.

„Nein", entgegnete Zora bedauernd. „Manche Entscheidungen sind einfach falsch und manche Gelegenheiten kommen nicht wieder. Aber ich glaube, dass Sie tatsächlich kein ganz so hoffnungsloser Fall sind, wie wir angenommen haben. Vielleicht brauchen Sie nur einen kleinen Schubs in die richtige Richtung." Unternehmungslustig grinste sie ihn an. Augenblicklich spürte Fabian Widerstand in sich aufsteigen.

„Wissen Sie, wir haben tatsächlich ein Fundbüro für verpasste Gelegenheiten", erklärte Zora derweil. „Manchmal kommt es nämlich vor, dass wir entgangene Momente nicht immer klar zuordnen können. Wir müssen den Kram dennoch archivieren und über die letzten Jahrzehnte hat sich einiges angesammelt. Alle paar Jahre versuchen wir, einige davon wieder unter die Leute zu bringen. Meistens leider ohne Erfolg. Aber ich glaube, für Sie habe ich genau das Richtige."

„Ich will kein…", setzte Fabian energisch an, doch da hatte seine Begleiterin bereits ihre Finger schnippen lassen. Ehe Fabian etwas dagegen unternehmen konnte, verspürte er wieder diesen Sog um seinen Körper, während die Welt um ihn herum sich in bunten Farbschlieren auflöste. Stöhnend schloss er die Augen.

Als er Sekundenbruchteile später wieder zu sich kam, stand Fabian wieder am Bahnsteig. Um den Hals hing noch die Krawatte vom Abiball, in der linken Hand hielt er noch immer den inzwischen recht lädierten Blumenstrauß und in der rechten einen Fahrschein. Reise ins Ungewisse, las er stumm. Eine Person, eine Fahrt.

„Könnte ein bisschen angestaubt sein", flüsterte eine Stimme hinter Fabian unvermittelt. „Das Ding liegt schon seit der Gründung des Ministeriums bei uns herum." Abrupt wandte Fabian sich um. Hinter ihm an die Säule gelehnt, stand Zora.

„Was ist das?", fragte Fabian, wobei er den Fahrschein hochhielt.

„Steht doch drauf", erwiderte seine Sachbearbeiterin ungeduldig.

„Aber was ist mit Nele?" Fabian hatte nicht vergessen, weshalb er ursprünglich hierhergekommen war. Zora zuckte mit den Schultern. „Vielleicht gibt es irgendwann eine zweite Chance, vielleicht nicht. Die aktuelle haben Sie verpasst."

Fabian nickte verstehend. Na, schön, dachte er und musterte den Fahrschein.

Dann fiel ihm doch noch etwas ein. „Ich habe gar kein Gepäck. Ich kann doch nicht einfach so ungeplant ins Blaue hinein fahren." Diesmal wirkte seine Sachbearbeiterin fast enttäuscht. „Es gibt keine richtigen Momente", erinnerte sie ihn. „Und Gepäck haben Sie mehr als genug. Ganze 999 Stücke, um genau zu sein. Gucken Sie sich die gut an, nutzen Sie sie, machen Sie etwas Neues draus."

In diesem Augenblick fuhr unter lautem Getöse ein Zug ein. Unsicher sah Fabian sich noch einmal um, doch Zora war verschwunden. Verdutzt starrte Fabian auf den verwaisten Platz an der Säule, dann musterte er den Blumenstrauß und das Ticket. Langsam setzte er sich in Bewegung.

Kurzbiografien

Sino Behrens
Jahrgang 1996
Student
Er schreibt gerne Lyrik und Kurzgeschichten und möchte mal einen Roman schreiben.
Titel der Geschichte: Ein Zug von neuer Hoffnung
Worum geht's? Um jungen Herzschmerz und Neuanfang.

Lisa Frey
Jahrgang 2002
Angehende Studentin
Schreibt viele Kurzgeschichten und manchmal auch längere, vor allem Mystery & Fantasy und möchte ihre Ideen in Buchform veröffentlichen.
Titel der Kurzgeschichte: Mondpfad
Worum geht´s? Um den Aufbruch in ungewisse Abenteuer.

Elena Friedrich
Jahrgang 1992
Studentin
Sie schreibt gerne Fantasy, Science-Fiction und Kurzgeschichten.
Ihr Ziel ist es eine Buchreihe, bestehend aus mehreren zusammengehörigen Kurzgeschichten, zu schreiben.
Titel der Kurzgeschichte: Interferenz
Worum geht´s? Es geht um eine ausergewöhnliche Begegnung die Konsequenzen im Positiven sowie

Negativen mit sich bringt und der Bereitschaft sich diesen verantwortungsvoll zu stellen.

Tabea Gläsner

Jahrgang 2003
Schülerin der Oberstufe
Sie schreibt gerne Lyrik bzw. Kurzgeschichten und würde gerne einmal einen Roman schreiben und eine Gedichtsammlung
Titel der Geschichte: Flucht
Worum geht's? Um Flucht vor einem Krieg, der sowohl Heimat als auch Kindheit zerstört.

Anne Grätsch

Jahrgang 1984
Pädagogische Mitarbeiterin
Sie schreibt gerne Kompositionen aus literarischer Fiktion und realer Welt und möchte auch mal an einem illustrierten Buch mitwirken.
Titel der Geschichte: Die Freiheit trägt ein Federkleid
Worum geht's? Darum, den Sprung ins Ungewisse zu wagen, um sich (wieder) zu finden.

Johanna Kania

Jahrgang 1997
Architekturstudentin
Sie schreibt gerne Thriller und düstere Geschichten, oft mit einem Hauch Magie darin.

In Zukunft möchte sie eine ihrer Geschichten als Roman veröffentlichen und damit einigen Menschen eine Freude bereiten.
Titel der Geschichte: Leben
Worum geht's? Um die Reise des Lebens und das Abenteuer des Seins.

Martha Karge
Jahrgang 1989
Servicekraft in der Gastronomie
Sie schreibt bevorzugt Fantasy Geschichten und möchte eine Kinderbuch-Reihe veröffentlichen.
Titel der Geschichte: Eine Katastrofee bricht auf
Worum geht´s? Mit einem Freund an deiner Seite, kannst du alles schaffen!

Wiebke Kayser
Jahrgang 1988
Fotografin
Sie schreibt gerne fantastische und historische Geschichten und träumt vom eigenen Jugend Roman.
Titel der Geschichte: Der Nachtgiger
Worum geht's? Um einen Sohn, der loszog und seiner Mutter ein Abenteuer mitbringen wollte

Lukas Klus
Jahrgang 1996
Student der Philosophie
Schreibt alles, was ihm in den Sinn kommt: von Kurzgeschichten über Essays bis zu völlig abstrusen Quatsch-Texten und hat noch eine ganze Liste

von Ideen, die er gerne umsetzen würde
Titel der Geschichte: Am Bahnhofsplatz
Worum geht's? Um einen äußerst seltsamen Besuch im Restaurant ...

Greta Köhne
Jahrgang 1996
Studiert „Literarlsches Schrelben und lektorieren" an der Universität Hildesheim
Arbeitet derzeit an ihrem Romanprojekt, in dem Fluchtgeschichten und verschiedene Privilegien thematisiert werden
Titel der Geschichte: „RINGROAD"
Worum geht´s? Es werden drei Lebensrealitäten aus verschieden Zeiten collagiert.

Ronja Filippa Ladewig
Jahrgang 1995
Küchenhilfe
Sie schreibt gerne Science-Fiction, egal ob Kurzgeschichte oder Novelle.
Titel der Geschichte: Die vermutlich erste interdimensionale Entführung des Multiversums
Worum geht´s? Über eine Freundschaft, die auch über den Tod hinaus anhält

Maurice Matthijs Oettel
Jahrgang 1995
Doktorand/Datenschutzbeauftragter
Schreibt mutig alles mögliche und hat sich bislang noch keine Gedanken zu literarischen Zielen gemacht.

Titel der Kurzgeschichte: Flackern
Worum geht´s? Ein kaum mehr menschliches Geschöpf sucht verzweifelt nach Dazugehörigkeit im Fremden und Sinn im Absurden.

Elisabeth Palucki
Jahrgang 1998
Lehramtsstudentin
Sie schreibt gerne lustige Poetry Slams, Lyrik und Kurzgeschichten.
Titel der Geschichte: Die Lieder der Wale
Worum geht´s? Es geht darum, dass die Wale eben doch immer zurückkommen.

Fabian Schmidt-Fich
Jahrgang 1994
Sozialpädagoge
Er schreibt gerne Lyrik, Prosa und dramatische Texte und möchte, dass das Schreiben irgendwann sein Hauptberuf ist.
Titel der Geschichte: Im Herztresor
Worum geht´s? Die Geschichte handelt von einem jungen Mann, der sich etwas stellen muss, um endlich frei zu sein.

Sabrina Dunja Schneider
Jahrgang 1985
Literaturwissenschaftlerin
Sie schreibt gerne Kurzgeschichten und Theater–

stücke und würde gern einmal eine mehrbändige Reihe für Jugendliche schreiben
Titel der Geschichte: Von Mücken und Elefanten
Worum geht's? Um die Subjektivität von Realität

Johanna Stölting
Jahrgang 1990
Kundendienstmitarbeiterin
Schreibt am liebsten fantastische Geschichten und hofft eines Tages auch einmal einen Roman zu vollenden.
Titel der Geschichte: Das Fundbüro der verpassten Möglichkeiten
Worum geht`s? Um neue Perspektiven auf die Vergangenheit

Danke an...

Die vorliegende Anthologie ist ein Gemein-schaftswerk. Das lässt sich ohne Übertreibung sagen. Ohne das Zutun vieler, wäre es nicht entstanden. Allen gebührt ein aufrichtiger Dank für den Einsatz. Insbesondere danken wir:

- allen Teilnehmenden für ihre tollen Beiträge
- Schirmherrschaft und Förderung durch das Ministerium für Kultur und Wissenschaft des Landes Niedersachsen Björn Thümler (MdL) für die Schirmherrschaft und die Spende für die Preisgelder
- der Jury. Namentlich Marlies Peters, Diana Rutenbeck, Jan Bakker und Prof. Thomas Boyken. Ihr habt einen tollen Job gemacht.
- Tillmann Rautenberg und Ann Marie Keil-Tag für das Cover
- der Landessparkasse zu Oldenburg für die großzügige Förderung
- der Raiffeisenbank Oldenburg eG die ebenfalls großzügig förderte
- dem Vorstand des Leseforum Oldenburg e.V., namentlich Alexandra Schwarting, Marlies Peters, Ann Marie Keil-Tag, Vera Gehrke, Axel Berger und Oliver Bruns für die vielen kleinen und großen Handlungen, Ideen und was der Dinge mehr sind, damit ein solches Projekt gelingt.
- dem „Studio Libertango" in Oldenburg, das uns für die Feier zur Preisverleihung beherbergte.